日本推理
名家名作选萃

困闭之劫

[日] **赤川次郎** 等著

徐明中 译

文汇出版社

图书在版编目（CIP）数据

困闭之劫 /（日）赤川次郎等著；徐明中译 . —上海：文汇出版社,2016.1

ISBN 978-7-5496-1322-9

Ⅰ . ①困… Ⅱ . ①赤… ②徐… Ⅲ . ①推理小说—小说集—日本—当代 Ⅳ . ① I313.45

中国版本图书馆 CIP 数据核字（2015）第 269076 号

困闭之劫

责任编辑 / 戴　铮
封面装帧 / 黄晨伟

出 版 人 / 桂国强

出版发行 / **文匯**出版社
上海市威海路755号
（邮政编码200041）
经　　销 / 全国新华书店
照　　排 / 上海欤乐文化传播有限公司
印刷装订 / 江苏省常熟大宏印刷有限公司
版　　次 / 2016年1月第1版
印　　次 / 2016年1月第1次印刷
开　　本 / 890×1240　1/32
字　　数 / 170千
印　　张 / 6.875

书　　号 / ISBN 978 - 7-5496-1322-9
定　　价 / 25.00元

目　录

困 闭 之 劫

1 雨中的少女

大雨,已经连续三天的大雨。

香月弓江焦躁地想着:天上的乌云怎么老不散去呀? 刚才听到的天气预报说这场雨要下到明天的中午。

太没劲了……

弓江倒身睡在小车的座位上,舒展着身体。她已经这样睡了几个小时,连腰部都感到隐隐作痛。

此时,仪表板的时钟上正显示夜晚十一时五十分。

"要是我去就好了,他果然不行。"弓江这样想着,下意识地朝车窗外看去。

"唉,真不知他上哪儿去买便当了。"

正在这时,她借着街灯的光亮,忽然看到大谷朝这儿奔跑的身影。弓江急忙打开车门,张开雨伞向大谷走去,"警长,你淋湿了吗? 为什么不撑伞呢?"

"噢,没关系。"

说话的是警视厅搜查一课的二号人物大谷努警长,他不仅长相英俊,而且非常精明强干。在雨中,大谷身上的三套衣服都湿透了,由于奔跑得急,他大口地喘着粗气。

"赶快上车吧,看你像个落汤鸡。"弓江嗔了一句。

"哎……我就喜欢在雨中跑步。"大谷依然满不在乎地笑道。

大谷坐上驾驶座,拿出手帕不停地擦拭着头发上的雨水。

"看你,像什么样子?"弓江还在埋怨。

"别说了。给,这是刚买的便当,趁热吃吧。"大谷说着把一个塑料袋放在两人中间。

弓江好像察觉了什么,"你刚才带去的伞怎么不见了?"

"被人偷了。"

"怎么会?"

"刚才买了便当,付了钱,正想撑伞回来的时候,才发现那把伞不见了。"

"太可怕了……"

"那个可恶的家伙,竟敢随便对我下手!"大谷故作姿态地摇着头,"难道他没想到这是搜查一课警长用的伞吗?"

两个人互相对视着,终于忍不住哈哈大笑。

从他们的样子来看,大谷和弓江不仅是上司和下属的关系,还是一对亲密的恋人。

但是,他们今晚在车内共享便当,并不是为了谈情说爱。

"你回来时给我打个电话就好了,"弓江满怀爱意地说道,"这样我就能撑伞来接你。"

"不,这不行。"大谷依然摇着头,"如果我们俩都离开了车子,万一小山出现就麻烦了。"

"嗯,话是这么说,但是你这样会感冒的。"

大谷暧昧地笑道:"你为我担心啦?"

"那当然,你是我最亲爱的人嘛。"弓江含情脉脉地看着大谷。

尽管是在执行任务,两人还是利用短暂的几秒钟,将嘴唇火辣辣地粘在了一起……

"警长,你快看,她又来了!"弓江突然停止了亲热,眼盯着车窗外小声说道。

大谷立刻抬头朝车窗外看去。

他俩一直在暗中监视罪犯小山泰老婆的娘家,今天已是第三天了。

他们的小车停在那户人家后门的神社旁边。神社位于一座小山丘上,小车的前面就是直达神社的长长石阶。

三天来,大谷和弓江冒着大雨在车中静静等候,目不交睫地监视着对方的动静。

"你说得不错,"大谷点头道,"是同一个小孩。"

来者是个十六七岁的少女。她最明显的标记就是始终撑一把白色的雨伞,而且每晚一到十二点就来到神社的下面。

"那小姑娘今晚又来了,"弓江小声说道,"看来马上要开始了。"

那个少女手提一只塑料袋,进入小树林后,立刻收起伞,站在一棵大树下面,然后打开那只塑料袋……

第一个晚上,两人看得目瞪口呆。因为少女在树下脱去了身上的外衣……

她脱去了毛衣和连衣裙,只穿着一件白色的浴衣,然后赤着脚在雨中行走。虽然很快就被雨水淋得浑身湿透,但她全然不顾这些,两手像祈祷似的交叉在胸前,慢慢地登上去神社的长长石阶。

大谷惊道:"真是不可思议,已经连续第三次了。"

"是啊,她好像没有感冒。"弓江也感到有些奇怪,"一个人来来回回地上下石阶三十次,她的身体真棒。"

一般而言,那个石阶很高,只要上下两三次人就会感到气喘吁吁。姑且不论这样做有何目的,她那样认真的态度是确凿无疑的。

大谷道:"她大概是在许愿吧?但是现在的小孩子怎么会做这样

的事呢？"

"是啊，反正我也觉得不一般。"弓江附和道。

"我们的目的是监视小山泰，这种事就随它去吧。喂，快把便当吃了。"

"好的……弓江从塑料袋里拿出便当，两只眼睛仍然看着车窗外面。

突然，弓江发出一声惊叫。

"妈妈！"大谷也惊得瞪大了眼睛。

大谷母亲突然出现在车外，正透过车窗看着里面的大谷和弓江。

"听说你们在这儿，所以特意做了便当送来。"

大谷母亲坐在小车后排的座位上，一边絮叨着，一边打开随身带来的小包袱。

"妈妈，现在正是我们最紧张的时候，您怎么来了？"大谷有些埋怨地说道。

"还不是为了这个便当。我的便当营养丰富，从不用炸过的油制作。你们越是在这种时候，越要吃有营养的食品。"

大谷对妈妈的话无言以对。

妈妈虽然头发有些斑白，依然精神健旺，为了自己心爱的"努儿"，赴汤蹈火也在所不辞。

大谷本来还想说些什么，但禁不住美味的"妈妈便当"的诱惑，二话不说就大口吃了起来，弓江只好一人吃了大谷买来的两份便当。

大谷母亲看着儿子香甜的吃相，说道："我总觉得你们这种工作方法是有问题的。"

大谷争辩道："妈妈，我们在这儿工作，无法把食堂带过来。"

"我不是光说吃的。在这样狭小的车厢里面，两个单身男女长时间待在一起多不自然啊。"

弓江听了有些不顺耳，但也习惯了。

"妈妈，你不用担心，我这个当警长的绝不会公私不分的。"

"这我相信，努儿是个优秀的警官嘛。不过，要是女方主动诱惑的话就难说了。"

"妈妈……"

"我是专对弓江小姐说的，就事论事嘛。"

弓江终于忍不住开口道："伯母，我们是在执行课长的指示，如果您不满意，请直接向课长反映。"

"我这样说说也不可以吗？你不和努儿搭档就会感到寂寞吗？"

两个人的言语间迸发出无形的火花。

危险！危险！弓江并不是一个唯唯诺诺的柔弱女人，深知大谷母亲话中的"感到寂寞"正是老人家的心结所在。所谓的"感到寂寞"意指"工作中掺入了私情"，也许她会向课长诉说其中的缘由。

想到此，弓江巧妙地转移了话题，"警长说我是个能干的部下哪。"

"妈妈，你带来茶水了吗？"大谷趁机配合道。

"带了！带了！"大谷母亲拿出了事先准备好的热水瓶。

"谢谢，吃完便当喝口热茶最舒服了。"

"努儿！"大谷母亲突然大声叫道。

在这狭窄的小车里，这样的高声具有震动车窗玻璃的压力。

"妈妈！您怎么啦？"

"你怎么全身的衣服都湿透了？"

"没关系，很快就会干的，干这行工作没办法。"

"那你快把衣服换了，这样会感冒的。"

"我没有带替换的衣服。"

"放心，我给你带来了。"大谷母亲又打开那个包袱，"我来时看到外面下着大雨，担心你会淋湿身子，特意带了一套衣服。现在正好派上用场,看来我的预感还真灵。"

大谷呆呆地看着母亲像变魔术似的从包袱里一一取出上衣、短裤、袜子、衬衫、领带等衣物……

"妈妈,您别开玩笑了!"大谷涨红着脸说着,随手把衬衫和短裤放在空座位上。

"你这是干什么?"大谷母亲生气了,"这衬衫和短裤都是新买的,你穿上一定很舒服,这也是你抓捕罪犯的能量呀。"

"我在哪儿替换这些东西呢?

"就在这儿换衣服好了,在妈妈面前有什么害羞的? 你小的时候妈妈还给你换尿布呢。"

弓江把便当盒放进塑料袋里,知趣地说道:"我去外面待一会儿,顺便把便当盒扔到垃圾箱里。"

大谷母亲表情古怪地笑道:"那好,你慢走。"

弓江走到车外,撑起雨伞去一个较远的地方扔垃圾。她估计大谷在车内换衣服要花费一点时间。

大雨还在不停地下着。虽说是秋天,已经明显地带着丝丝的寒意。

弓江走入树林,微微地喘着气。她看到那个放着少女的雨伞和脱下衣服的塑料袋还留在一棵大树下面。由于树梢上的雨珠不时啪哒啪哒地落在塑料袋上,弓江好心地把塑料袋挪动一下位置。她暗忖:那个小女孩还在来回地登石阶吗?

弓江向石阶的方向举目望去,看见那个女孩正在石阶上来回走动。由于石阶下面竖着一杆街灯,所以能清楚地看到女孩的浴衣被雨水湿透后紧贴着身体,她的面部和手脚都冻得发青。

那个女孩走下石阶后再次拾阶而上,始终保持着两手交叉的姿势,嘴里不住地念叨着什么。

从经过的时间推算,她应该已走了三十个来回,虽然看起来人不太精神,也许还有几分力气吧。

弓江又抬头望着小车的方向,准备稍作停留后就返回。她猜想大谷母亲此时一定在用毛巾仔细地擦拭着"努儿"头发上的雨水。

弓江深深地感到,自己有时也会对大谷的爱情产生些许的倦意,但是一旦看到大谷母亲,反而又激发出爱的激情。从这一点来说,大谷母亲是个十分珍贵的爱情激发器。

虽说如此,自己和大谷母亲的"冷战状态"还要持续到什么时候呢?

就在弓江站立着凝神之际,那个女孩已经走下石阶,她依然紧闭着双眼,嘴里不停地念叨着什么……

弓江瞪大眼睛看着眼前的情景。那个女孩似乎已经筋疲力尽,突然倒在雨中的泥地上。

弓江迅速奔跑过去,一把抱起那个女孩,感到她全身正在变冷……

"你坚持一下,我去叫救护车!"

弓江的话音刚落,忽听得那个女孩梦呓般地开口道:"……请原谅……"

"你说什么?"

"请原谅……建介君……"

弓江无意间看到女孩的右手手掌上留着用油性笔写的"建介"两个字,于是她赶紧摊开女孩的左手掌,发现上面只写着一个"咒"字。

2　探望病人的来客

"啊,太困了……"

大谷在十分钟内连打了四个哈欠,"我想稍稍睡一会儿,不利用这点时间太可惜了。"

"你安安心心睡也行。"弓江柔声说道,"我们的监视工作已经结束了。"

此时,残夜将尽,又一个白天开始了。

由于有人亲眼看到罪犯小山泰在大阪现身,所以监视工作暂时中止。两人疲惫地驱车来到一家餐馆喝着咖啡稍事休息。

"你也一定累了吧?"大谷怜爱地问道,"送那个女孩去医院想必忙得够呛。"

"警长对这事是怎么看的?"

"没想到年轻的小女孩也会这么迷信。"

"是啊,她直到现在还那么相信咒语,而且连续三天在雨中不停地行走、背诵……"

弓江不由得又想起昨晚的情景。她呼叫救护车把那个失去意识的女孩送去医院抢救,过些时候又特意打电话到医院询问病情,医院方面回答女孩因高热引起了肺炎,但体力并未衰竭,所以无需特别担心。

"昨晚让伯母久等了。"弓江抱歉地说道。

大谷脸涨得通红,讪讪地回答,"妈妈老是这样,真没办法,她一直把我当小孩子看待。"

"在母亲的眼里,自己的儿子永远是个小孩。"

弓江说着,随意地朝放置在餐厅一角的电视机看了一眼。

这时,电视画面上突然出现了"建介"的名字,弓江的心头猛地一凛。

昨晚,那个女孩手心上也写着同样的名字。

"建介,猝死!"电视画面上不时跳动着这几个放大的文字。

接着,播音员作了如下报道:"最近人气急升的二十一岁当红歌星田崎建介猝死！他于昨晚深夜在六本木的迪斯科舞厅突然倒地昏迷,经紧急送往医院抢救,不久便告身亡。"

猝死？弓江看了不由得瞪大了眼睛。

由于是白天的新闻集锦节目,所以电视台特意采用耸人听闻的方式进行播报。

"你在看什么？"大谷有些奇怪地看着弓江。

"电视新闻……你也看一下。"弓江依然目不转睛地注视着电视画面。电视台的女播音员采用夸张、戏剧性的语调继续播报,"当红歌星田崎建介(弓江以前没听说过他的名字)于昨晚凌晨二时许,在迪斯科舞厅劲舞时突然面露痛苦地倒地昏迷,经紧急送往医院抢救,终因心肌梗塞而不幸身亡。"

大谷疑惑地问道:"哪个建介？就是昨晚小女孩写的那个人名吗？……"

"是的,和那个小女孩手掌上写的'建介'两个字完全相同。"

"原来如此。"

"建介是在凌晨二时死亡的,小女孩也在那个时间点倒在雨中的泥地上。"

大谷担心地问道:"这是怎么回事,难道……"

"我们不能这样想,不能相信那种所谓的咒语。"

大谷表示同意,"你说得对,那纯粹是偶然的巧合。"

弓江点点头,认为这当然是一种巧合。不过引起她注意的是那种年龄的小女孩为什么会相信"咒语"的效用呢？

"我们还是先回家吧。"大谷打了个哈欠,"你也好好休息一下。"

"好的。"弓江应承道。

其实,弓江先前在车内打过瞌睡,此时并不想睡觉,而且她具有一旦心中有事、立刻精神抖擞的性格。

这时,电视画面上出现了一个自称是田崎建介粉丝的小女孩哭泣的特写镜头,弓江迅速地把目光移向了别处……

"我的女儿叫仓林良子。"女孩的母亲说道。

弓江拿出笔记本记下了那个女孩的名字。

"哦,她叫良子。"弓江问道,"您什么时候来到这家医院的?"

"我刚刚到。今天早晨起来后没看到良子的人影,吓了一跳,正在到处寻找她。"女孩的母亲脸色苍白地回答,"没过多久,这家医院给我打来了电话,说良子已经恢复了意识,主动向医生告知自己的名字和家里的电话。"

"是吗?"弓江说着把那个女孩的母亲带到医院里的茶室继续交谈。

女孩的母亲名叫仓林文代。她继续说道,"我和良子两人相依为命,我因为外出工作,所以昨晚回来得很晚。"

"你知道良子在你不在家的时候干了些什么吗?"

仓林文代面露疑惑的神色,"我真不知道。她还在发高烧,迷迷糊糊的什么也没说,她在下雨天会干什么呢?"

于是,弓江不得不把连续三天观察到的情况和昨晚送良子去医院救治的经过告诉了仓林文代。

"已经连续三天了吗?"文代惊得睁大了眼睛。

弓江道:"良子淋着这么冷的雨水,在石阶上来来回回地走动,当然会发烧引起肺炎。"

"那……她这样做到底为了什么呀?"文代一时愣住了。

"你有什么线索吗?"

"我没有……良子今年已经十七岁了,但她从来不向我提起个人的事情。"

"你知道良子迷信占卜的事吗?"

"是占卜……吗?"

"你是否见过她有这方面的杂志？"

"嗯……吃饭的时候,她常会提出什么'出生星座''相克相生'之类的话题。"

弓江会意地点点头,"良子是田崎建介的粉丝吗？"

仓林文代露出了一丝苦涩的表情。

"有什么隐情吧？"弓江装作若无其事地问道。

"嗯,良子确实是建介的超级粉丝,而且在建介出名之前就是了。"

弓江觉得仓林文代似乎还不知道建介的死因。

文代想了一会儿,缓缓地说道:"那大概是一年前的事了。一天,建介的车子突然在我家附近抛锚了。当时在深夜,一时找不到出租车,非常困窘。那晚我正巧驾车回家,建介和他的经纪人就恳求我帮忙,说如果赶不上时间他们的节目就泡汤了。良子听了这话就说'妈妈,送送他们吧'。于是我赶紧开车把他们送到电视台,幸好没有迟到。"

"哦,那可真是一件难忘的往事。"弓江越发有了兴趣。

"没过几天,建介和他的经纪人亲自带着糕点等礼品来我家致谢。我当时确实感到建介是很优秀的青年歌手,良子也非常高兴,拿着建介送给她的唱片向朋友炫耀,但是,没想到……"

弓江心想这样的结局是很容易猜到的,于是冒昧地发问:"是不是建介出了名后就完全变了样？"

"是啊,他就是这样一个人。所以每当电视画面上出现他的影像良子就感到不愉快,赶紧调换频道。不过,我想不明白,良子为什么要为建介做这样的傻事呢？"

弓江心想母亲的不愉快是否因女儿的事而引起的呢？ 也许良子的感情已经超出了一个单纯粉丝的界限……于是,她决定暂且向文代隐瞒良子在左手掌上写着"建介"两字以及在昏迷时梦呓般地说

"请原谅……建介!"的事。

为了缓和谈话气氛,弓江勉强地找个理由,"我知道良子和建介没有特殊的关系,就如刚才电视台介绍的那样,他的形象正是良子那样年龄的小女孩所崇拜的偶像。如此而已。"

文代敏感地问道:"建介他怎么啦?"

"听说他昨晚因心脏病发作猝死了。"

文代沉默了一会儿,淡然地说道:"是吗?看来都是艺人不健康的生活造成的。"

"你说得不错,据说他是昨天深夜在六本木的一家迪斯科舞厅跳劲舞时突然倒地昏迷的。"

"看来我对那个人猜准了。"文代的态度依然很冷漠,没有显露丝毫的同情心。

接着,她转个话题,关切地问道:"你们警察怎么会在现场的?难道我女儿的事……"

"哦,你多疑了。"弓江微笑道,"我们只是在执行监视任务中偶然看到了良子小姐的怪诞举动,所以才想知道她为什么要这样做。"

"是吗?幸亏你在现场及时救助,我女儿才捡回一条命。听医生说,如果没人把她立刻送往医院救治,让她倒在地上到天亮的话,良子也许已经死了。所以我真的要好好谢谢你。"

文代说着向弓江低头致谢。

两人离开茶室回到医院病房的走廊上。

弓江问道:"如果良子清醒了,我能和她说几句话吗?"

"当然可以,不过我刚才见她还处于半睡半醒的状态。"

文代轻轻地推开病房门,突然惊慌地对着房间里面问了一声,"你是谁?"

这是一间只有两张病床的病房。此时,良子正躺在床上昏睡,病床边站着一个又高又胖的男子,他正背对着房门。

也许听到了文代的问话，那个男子慢慢地转过头来。弓江一见那人，立刻有一种奇妙的印象。

他大概是个外国人吧？不但头发和眼睛是褐色的，而且还有一张棱角分明的脸。他的脸呈浅黑色，浓眉下面是一对湿润而闪着亮光的眼睛。

此时，那人也专注地看着文代和弓江。他虽然衣着普通，但系着的黑色领结格外醒目。看到这个打扮奇特的来客，弓江甚至联想到他是不是奇术师或魔术师之类的人。

那人轻声问道："你是仓林小姐的母亲吗？"

文代没有直接回答，而是警惕地再次反问："你是谁？"

"我是仓林小姐的朋友，"那人不慌不忙地说道，"刚才已经仔细看过她的病情，仓林小姐很快就会康复，请放心。"

"是吗？……"

"对不起，失礼了！"那人彬彬有礼地打了声招呼，从文代和弓江的身边从容地离去。

弓江从那人身上闻到了一种奇异的气味，似乎是香的气味。

"妈妈！"躺在床上的良子突然醒了。

"良子！"文代立即赶到病床边，"你好些了吗？"

"唔，没问题，全好了。"

确实，良子的脸上泛起了红晕，眼睛也恢复了明亮的光彩。

弓江稍稍犹豫后疾步走出病房，去寻找那个刚离去的男子，那人的步速很快，已经快走到离病房很远的走廊尽头。

弓江好不容易追上他，轻声说道："对不起，打扰一下！"

那人停住了脚步，"找我有事吗？"他的声音如刚才一样，稍带着话剧腔。

弓江对他亮出自己的身份，"对不起，能否告知你的名字？"

"这个，这个……你是刑事侦探吗？"那人说着从口袋里掏出一张名片递给弓江，"这是我的名片。"

弓江见名片上写着"'幸福馆'馆主崎·岩"。

"幸福馆？"

"就是在下进行占卜的场所。"

弓江明白名片上的崎·岩肯定不是他的真名。于是直率地发问："仓林良子是你的顾客吗？"

"是的。"那人点点头，"她来我这儿主要进行'烦恼倾诉'的谈话。至于谈话的内容是保密的，就是对你们刑事侦探也不能说。"

"知道了。"弓江知道自己现在没有强行询问的权力。

"我的幸福馆绝不是个非法的场所。"那个男子又道，"如果你有兴趣，请光临敝馆指教。"

"谢谢！"弓江又问，"我还可以提一个问题吗？"

"当然可以。"

"你怎么知道仓林良子住在这家医院呢？"

那个男子勉强地挤出一丝笑容，"我是个占卜师，当然能够神机妙算。但这次情况有所不同，是医院主动打电话通知我的。"

"医院主动打电话通知你的？"

"因为良子小姐的包里有我的名片。"

说到此，崎对弓江有涵养地点了点头，"香月君，我们以后再见吧。"

弓江目送着那个男子的背影，直至他在走廊的一端消失。接着，她又回到良子的病房。

"啊，你能起来了？"弓江看见良子起床了，不由得大吃一惊。

良子的母亲文代也瞪大眼睛感到不可思议，"良子高烧这么厉害，怎么会一下子退烧了呢？"

"那个人刚才用手碰过我，所以马上退烧了。"良子高兴地说道。

"那个人？就是那个叫崎的男子吗？"弓江确认道。

"是的,他具有不可思议的神力,我的事即使不说他也很清楚。"

"良子……"

"妈妈,你不用担心。我没有参加那些所谓的新兴宗教。他是个占卜师,只为我算卦解除烦恼。"

"良子!"弓江的脸色一变,"建介死了,你知道吗?"

良子听了,连眉毛都没皱一下,"我知道。在很早之前就知道了。"

3 领带

"对不起,"弓江问道,"你就是永井光子吗?"

"嗯,我就是……"一个染着彩色头发的女孩子毫不在意地反问,"你是谁?是我的粉丝吗?"

其实,弓江直到现在也不知道永井光子这个演员的名声。

弓江站在电视台的员工食堂,看到这个女孩坐在座位上,估计她也是影视圈的演员。如果不是在这样特定的场所,也许只会把对方看作一个妖冶浮华的女孩而已。弓江问话的那个女孩大概有十九岁的年龄,虽然化着浓妆,但由于长期过着不健康的生活,皮肤很粗糙,使人甚至会怀疑她是否真的只有十九岁。

弓江拿来一把椅子,坐在永井光子的身边,小声问道:"我想打听一下田崎建介的事。"

"嗯,你是问建介的事还是想拍我的照片?"

"拍你的照片?不,不,我想没有这个必要。"

"是吗……如果想拍我照片的话,我要点一下眼药水,润湿一下眼睛,这样登在报上也好看。"

弓江干脆亮出了自己的身份,"你不要误会,我是警察!"

永井光子听了,突然显出十分害怕的样子,"我……我什么都不知道。"说着慌忙把眼光转向别处。她大概估计来者不善,极可能是来调查他们演员吸食大麻或可卡因等毒品的情况。

为了打消对方的顾虑,弓江说明了自己的来意,"我们正在调查田崎建介的死因,想必你和建介也有来往的吧?"

"是的,我和他很熟,有来往。"

弓江觉得永井光子的回答有些夸张,又追问道:"据说报上曾报道建介有个情人N你知道吗?"

"我不知道呀,也许你们警察的调查报告书上写得很清楚,但报上没有这样写。"

这个女孩真会装糊涂。

弓江问:"田崎建介以前有没有心脏病发作的情况?"

"没有。不过他好像不太健康,往往一上来就结束了,是那种短距离决战型的人。"

"你是指他跑步吗?"

"不,你想错了。"光子大笑,"这是床上的话,你不知道吗?"

弓江轻轻地咳嗽一声,继续发问:"田崎建介在倒地昏迷之前,有没有说过身体不适或者精神不好的话?"

"好像没有这么说,但喝酒很猛,我觉得他有些勉强。"

"是吗……我再问你,那个名叫仓林良子的女孩知道吗?"

光子想了一会儿,抱歉地说道:"我这个人记性不好,一用脑子头就疼。"

不知为何,弓江似乎也很体谅她的苦衷。

光子开始苦苦思索,"良……子?……对了,那个仓什么的我不知道,但听说过良子的名字。"

"是田崎建介告诉你的?"

"是的。说那个良子经常来纠缠使他很为难,还说这是一个多情男人的烦恼。甚至讥笑良子被他拥抱后有些飘飘然,什么话都敢说。

其实两人不合适。"

被"拥抱过"? 难道这就是良子的心结所在?

显然,良子被建介"玩弄过",她憎恨建介也符合情理。

光子好奇地问道:"你们警察为什么要调查这种事呢?"

"唔,这个嘛……"弓江故意回避了这个问题,"田崎建介最近有没有发生明显的变化?"

"说起变化倒是有的,他最近突然变得非常小气。其实,每个人都是一样的,刚开始都非常小气,这是真的。"

"你说得不错。"

"他还为了一条领带闹出很大动静。说实在,他真的很珍爱那条领带。有人开玩笑说他拿走了那条领带,没想到建介会低头哇哇大哭,弄得对方很尴尬,只得请他吃一顿法国大餐了事。"

说到此,光子哧哧地笑道:"我这个人最擅长哭了,你要不要看看?"

"以后再看吧。"弓江慌忙打断她的话,"那条领带到底是怎么回事?"

"十天前,建介的那条领带放在后台被人偷走了,他就大闹起来。"

"那条领带贵吗?"

"价格应该不算贵。不过这是他刚起步时买的,据说领带上有某个名人的签名,所以他非常得意,整天系着那条领带到处张扬。别人都看不惯这种恶趣,但他却十分得意。"

"那条领带最后没找到吗?"

"是啊,要是找到了,我可以拿来作为建介的纪念品了。"

"这是为什么呢?"

"我是他的女朋友,但他什么都没给我。"说到这儿,永井光子突然小声说道,"看,电视台的几个播音员过来了,他们在注意我和你呢。现在负责建介追悼会的节目组工作很忙，人人都拼命想在追悼会的导演面前露脸。"

从永井光子的表情来看，自己的恋人死了非但没有悲伤，反而面露喜色，这也许就是虚荣逐利世界的本相。通过对光子的问话，弓江对此留下了深刻的印象。

"谢谢！"弓江站起身来，"谢谢你为我代付了喝咖啡的费用。"

"我也谢谢你。警察小姐是多么可爱的人呢，而且身材又好。你想不想到我们深夜节目中担当个角色？要是能当个现职警察的裸体模特，无论哪家电视台都欢迎的。"

"谢谢你的好意。"

弓江原本还想说些什么，但她改变了主意，决定提前离开现场。

"她说什么？"大谷母亲对弓江的话先是不信，继而皱起眉头，"是咒语吗？"

"妈妈，我已经吃饱了。"大谷抚摸着肚子，"要是再吃下去，一旦发生案件，我就来不及了。"

这儿是大谷母子的家。大谷一觉睡过中午，似乎恢复了元气。

"是吗？那你晚饭还是要吃的，回来吃吗？"

"现在还不好定，我还得继续追踪那个小山泰。虽说有人看见他在大阪现身，说不定什么时候还会回来的。唉，香月，你好像还没睡过觉呢。"

"弓江正在研究'咒语'，忙得很呢。"大谷母亲对弓江讽刺道，"你不是要当一个讲科学的警察吗？怎么会把一个占卜卖卦的当成罪犯了？难道你要当'樱田门之母'，开始新的买卖了？"

"我就是当'樱田门之母'也和伯母您没关系。"

"你说这话是什么意思？"

"妈妈，香月的话没有别的意思……"

"你给我住嘴！现在是我和弓江说话。"

"伯母，我没别的意思……"

"你是不是觉得我对努儿过于关心了？确实，和世上其他的母亲相比，我也许对努儿格外溺爱。"大谷母亲朝着弓江探出身子，"普通的孩子没有我家努儿金贵。从这一点来说，我家努儿是特别的。你也这么想的吧？"

"那当然，警长的确很优秀。"

"所以你要为努儿的建功立业不惜牺牲自己。即使死了，我也会出席你的葬礼。"

"妈妈！"大谷生气地看了母亲一眼。接着，他转个话题，又问弓江，"你真是这样认为的吗？"

"你是说崎·岩吗？"

"是的，难道你真的相信是这个家伙对建介念了咒语把他杀了？"

"我当然不会那么想。"弓江喝了一口茶，"我是担心那个仓林良子那么迷信他，而且他的这种占卜也有可疑之处。比如，田崎建介最珍爱的一条领带不知被谁偷走了。"

"那和占卜有什么关系呢？"

"据说只要占卜师对谁念了咒语，就能空手得到对方的随身物品或最珍惜的宝贝。"

"弓江！"大谷母亲突然插嘴问道，"是你把我喜欢的那卷高级手纸偷走的吗？刚才还看到的，现在却不见了。"

"人家为什么要偷你这种东西呢？"大谷瓮声瓮气地说道，"我的鼻子塞住了，好像没有了感觉。"

"努儿！你感冒了？要不要马上住院？！"

"妈妈……"

弓江忍不住插入他们母子的对话，"警长，我认为田崎建介因心脏病发作而死纯属偶然,但又觉得和那个叫崎的家伙似乎有点关系,我想再作进一步的调查。"

"那没问题,的确要好好查查。难道你认为他不是单纯的占卜师吗?"

"现在还不清楚。我来这儿之前,特意去过仓林良子出事的那个神社。据说只要登上石阶就是进入了神社的区域。那儿四周围着茂密的树林,我在没人注意的隐蔽处找到了这个东西。"弓江说着打开随身的小包,拿出一条领带放在桌子上。

大谷看了好奇地问道:"领带不是撕坏了吗?"

那条领带确实被锐器纵向割破了,而且经过雨水的冲淋,领带已经褪色,有些地方满是污点,但还能看清领带上的签名字样。

弓江道:"这条领带是被钉在一棵老树的树干上的。"

"哦,这好像有什么不良用心了。"大谷点点头,"现在要查证那家伙是不是纯粹的占卜师,你赶快去调查吧。"

"是。"弓江微笑道,"我知道警长一定会明白我的想法。"

大谷母亲拿起那条领带看了半天,又放回桌上,阴阳怪气地问道,"弓江,把你的围巾借给我行吗?"

4 到手的小广告

真想逃出去。

反正不想也知道这样的后果。

尽管这样想着,心里还留存着细如蜘蛛丝的希望。这丝希望也许就在自己的恋人身上。

现在,自己必须待在无人注意的地方。

江藤俱子至少被五六个女性看见了,其中有几个人知道俱子的事。

大堂很大，但没有隐身之处。

此时，派对正进入高潮。由于会场的门扉开着，不时能听到那些发言者通过麦克风传来的奇腔怪调。

俱子十分清楚现在会场内的情况。直到一年之前，她还是公司负责派对事宜的工作人员。

在派对开始之前，俱子往往会率先进入会场，仔细检查摆放的食品是否都是原先预定的，是否符合派对的要求。俱子虽然年轻，却非常认真负责，很适合做这项工作。所以在派对后的第二天，她常受到社长或部长的表扬，说"派对的菜肴和饮料都非常好"。

俱子明白，如果自己不去实地检查，承办派对的饭店不知会出什么乱子。所以她很担心今晚的派对是否能顺利地进行下去。

过去每次派对之前，俱子都会和饭店的相关人员进行详细的沟通。诸如举行派对时，会不会出现菜肴不足、饮料断供的情况？老人坐的特殊椅子准备了多少，等等。

现在一切都过去了，派对的质量好坏和自己没有一点关系。俱子想到此不由得露出一丝浅笑。她明白自己再为派对的事操心公司也不会给一日元的工资。

这时，背对会场而立的俱子突然听到身后传来的脚步声，顿时慌乱起来……

他终于为我出来了！

但是，当俱子回过头时，她的面部表情和整个身体顿时僵滞了。

来的不是他，而是他的秘书武田。

这是一个二十七八岁、崭露才华的青年。

"啊，江藤小姐！"武田露出亲切的笑容，"很久没见面了，你好吗？"

江藤在心中恨声叫道："你这样做是没有道理的！"尽管如此，

她表面上还是违心地敷衍道："谢谢！我还好。是山仲部长叫你来的吗？"

"你应该明白的。"武田点点头，"跟我来吧，有话对你说……"说着，他搂着俱子的肩膀，朝派对会场相反的方向走去。

"武田，你要干什么?!"

"江藤小姐，我们彼此都很了解，你说是不是？你和山仲部长的事我也知道一些。但是，这样的男女关系是不可能长久保持下去的。"

"把手放开！"江藤停住了脚步，"你再不放手，我就要大声喊了！"

"我知道你的脾气。如果答应不给部长惹麻烦，我就放手。"

"你这话是什么意思？"俱子奋力甩开武田的手，愤怒地说道，"惹麻烦？如果我真想这么做，早就冲进派对会场了。"

"我明白，但是部长还是在意你的到来。"

"说得好听！"俱子强抑住心中的怒火，"我不是自己要来这儿的，是他打电话叫我来的。"

"你是不是打了好几次电话到公司找部长？"

"那你觉得直接给他家里打电话好吗？难道要请求他的夫人为我传话吗？她可是部长的老婆啊。"

"这个暂且不论。现在部长在派对里实在脱不开身。他注意到你的到来，特地嘱咐我过来说明情况。"

"我真幸福，太感谢你了。"

"部长要我把这个交给你。"武田说着从上衣口袋里掏出一只信封。

"是信吗？"

"我不知道。"

这是什么？俱子有些怪怪的感觉。她坚信武田已经偷偷地看过信封里的内容。

"就这个？"俱子拿着信封问道，"其他还有吗？"

"部长还托我传给你一句话，说'非常遗憾，现在实在抽不出时间。希望收到这个信封后不要再来找我了'。"

武田说完后匆匆地返回派对会场。

站在会场门口的公司女职员们正在窃窃私语，大概是在谈论俱子的绯闻吧？也许是老同事们在向那些不认识俱子的新手告知俱子以往的风流韵事。

俱子慢慢地转身离开，大堂前面有一条通向大门口的长廊。

她迫不及待地打开了信封，心想这难道是一封分手的信吗？

她恨他不像个男人。如果真的要分手，完全可以面对面地说清楚。可他却不行，竟然委托武田这种人传话……

俱子猛然停止了脚步，呆呆地看着从信封里拿出来的纸片，接着，又下意识地看了看信封，发现里面空无一物。

俱子凝视着手中的纸片，那是一张写着两百万日元的支票。难道这就是山仲的"告别留言"吗？

看到支票后，俱子感到彻骨的寒意，甚至连心都冻住了。

俱子一把撕碎了那张支票。按她的本意，真想撕得粉碎，但为了让人看清是支票的残片，她把支票撕成四片扔在大堂的地板上。

派对结束后，那些准备回家的宾客看到破碎的支票后一定会感到不可思议吧？也许山仲也会马上知晓这事。

俱子昏昏沉沉地离开了酒店，冷酷的复仇火焰在她心头熊熊地燃烧起来。

"人的心思真不好猜。"俱子轻轻地自语道。

不知不觉间，她乘上平时经常乘的轻轨电车，又在平时经常到的车站下了车。

已经很晚了，夜晚的城市大概只能靠步行了。

现在是深夜十点多,回家的巴士也没有了。

俱子估计步行回家要走二十分钟的夜路。虽然有些乏味,但想想这样也好,痛恨山仲是需要一点时间消化的……

俱子原来是山仲忠志手下的员工。山仲是个早早坐上部长宝座的优秀青年,对于刚从女子大学毕业进入公司工作的俱子而言,山仲正是她梦寐以求的"恋爱对象"。

父母不寄来生活费,俱子完全靠自己的工资生活。虽然比较拮据,但有充分的自由。不久,她和山仲建立了恋爱关系,很快就怀孕了。他俩的事被同事们发现后,俱子无法在公司待下去,只得辞职回家,她多么希望什么时候能和山仲过上相拥相亲的幸福生活。但是山仲有自己的老婆,俱子根本无望和他结婚。

烦恼、苦闷,在此压力下俱子流产了,而山仲则明显地流露出如释重负的情绪。

俱子从轻轨电车的站台上走下楼梯,径直通过检票口。她一边走,一边想,猛然感到山仲也许就在那个时候已经萌生了从她身边离开的念头。而自己却一直没有察觉到,或者说从来没有这样的想法。

现在山仲已经清楚地表明了"分手"的意愿,难道要我默默地忍受吗?他一定是把那张支票作为对付我的法宝。

难道这是封口费吗?他把我看作什么人?极度的愤怒使俱子感到浑身发抖。

"小姐,请你拿一张吧。"听到这句话后,俱子猛然清醒过来。此时才发现有人在车站前散发小广告。她条件反射般地拿了一张。

走在夜路上,手中的小广告被风吹动着发出沙沙的响声。俱子本想随手扔掉,又看到街道上非常干净,实在无法处理。于是,她借着路灯的光亮看了一眼广告单,见上面的头条写着"幸福馆"三个大字。

"给的真不是时候。"俱子苦笑道。她觉得自己现在是最不幸的人。

头条下面有一行小字："占卜、星座、恋人的相生相克,青春期的烦恼……什么都可以交谈"。俱子一把揉皱了那张小广告,但她突然看到广告单的背面还写着一个大大的"咒"字。

那是什么?好奇心使她停住了脚步,再次展开小广告凝视着。"咒"字下面还有一行文字："本馆又称咒语馆。无需自己动手,本馆就可以帮你轻松地杀死你憎恨的人、仇人和看不起你的人!"

天下竟有这样的事?!他们为什么要散发这种小广告呢?

俱子赶紧返回车站,那个散发小广告的男子早已不见踪影。

她再次把小广告看了一遍,上面依然清晰地写着："无需自己动手,本馆就可以帮助你轻松地杀死……"

"胡说八道!"俱子忍不住骂出声来,"这不过是骗人的把戏,难道用五寸钉钉在稻草小人身上就能杀人吗?纯粹是哄小孩的。"

尽管如此,俱子并没有扔掉那张小广告,反而用手抚平了揉搓的皱痕,把它折叠起来放入坤包里。

她在心里自我安慰道："我没有别的意思,只是因为在街道上不能乱扔纸屑,把它带回家扔进废纸篓而已。"

俱子继续在夜路上走着。寒冷的夜风不停地吹拂着后背,仿佛在催促她赶快回家。

她说："我看见了。"

他赌气地板着脸,"你说什么呀,那儿什么都没有。"

"他和她"或者"她和他"叫什么名字不重要,关键是两人都是目击者。

今晚,两人决定在旅馆住宿。

这是三个月前就约定的。

为了挣得今晚的餐宿和娱乐费用,他一直拼命地打工挣钱。

于是，今晚他俩一起用餐，一起跳迪斯科。但是她并不满意，说"玩的还是老一套，没劲"。

他生气了，虽说缺少气度，但也有值得同情之处。

"喂，你快看！"她突然停住脚步，挽着他的手臂不安地说道。

"什么呀？"

"快看，就是那儿！"

他有着一张胖乎乎的圆脸，就像吹胀了气的河豚那样。听她这么一说，立刻顺着她手指的方向看去。果然，他也似乎看到了什么，忍不住惊叫道："那家伙……他想干什么？"

那儿有一座正在建造的大楼。在灯光的照射下，裸露的钢筋框架显示出人体骸骨般的恐怖状态。

在大楼的最高处，十层楼左右，有一个男子孤身站立着。他不是一般的站立，而是站在一块悬在外面挑空的细木板上。远远看去，那块木板就像高空跳水的跳板，只是下面并不是游泳池。

"那个男人是不是穿着西服？"视力较差、戴着眼镜的她问道。

"啊，那人不像是工地的施工人员……"他刚说了一半就把话咽了下去。

那个男子正慢慢地向木板的前端走去，那块木板很短，没有几米长，走几步就到了边缘。那个男子就像要踏上空中另一块无形的木板那样，向前跨出了一步。由于地球引力的作用，他终于重重地坠下高楼……

没过几秒钟，只听得"咚"的一下落地声。所幸坠落地点的四周围着白铁皮的墙板，两人都没有亲眼看到那血淋淋的场景。

"那人好像已经坠楼了。"她有点不太自信地说道。

"嗯，确实从楼上掉下去了。"

"他死了吗？"

"也许吧。"

从高高的十层楼上坠落，无论怎样想他都必死无疑。

"我们该怎么办？"她问道。

"我怎么知道呢？"他有些束手无策。

最后还是她作了决定，"赶快报警，这是我们市民的义务。"

"是市民的义务吗？"她的一句话使他深受感动。

她仍然是个富有魅力的女人。

他是个相当单纯的男朋友。

5　离奇的自杀

"是坠楼死的吗？"大谷问，"会不会是意外事故？"

"我感到这起坠楼事件有些怪。"弓江回答。

"那为什么？"

"目击者是一对恋人，那时正好经过坠楼现场，无意间看到有个男子站在木板上面。"

"他站在什么上面？"

"一块挑空的木板，是施工用的踏脚板。"

"离地面有多高？"

"他站的地方正好是建筑的十层楼，现场发现木板上还留着他的脚印。"

"也许当时并不是他一个人站在那儿，有被人推下楼去的可能性吗？"

"当然不能排除这种可能性，但据目击者说当时没有看见其他人。"

此时正是案发第二天的早晨。

一大早，大谷就接到上司的命令："迅速赶赴案发现场！"

于是,他嘱咐弓江先去调查取证,自己随后匆匆地来到正在施工的高楼工地。

大谷点头道:"如此说来,那个人自杀的可能性很大。似乎不是我们该管的事。"

"不过,警长……"

"你想说什么?"

"没什么……"

弓江想起了那个报警女孩的证言,总觉得什么地方有蹊跷。那个女孩说:"那个人快步走着,似乎没有感到前面的危险,甚至没有半点犹豫。"

这种自杀的状态从没有见过,可是……

大谷问:"他的遗书和身份证找到了吗?"

"我想还是请警长当场检查为好。"

弓江说着掀开了盖在死者身上的布片。死者没有出血,全身都是撞击地面造成的伤痕,显然是落地即亡。

大谷对死者穿的那身西服大加赞赏,"这套西服的做工真好,一定是定制的。"

"这和警长的习惯一样,做西服的厂商是……"

"我是妈妈亲手做的。"大谷纠正道,"你快找找他身上有没有带身份证或者驾驶证。"

弓江把手伸入死者上衣的内口袋里,突然脸部表情凝滞了。"你快看!"弓江说着把一样物件放在手帕上。

大谷定睛一看,原来是一把二十二毫米口径的手枪,不由得大惊,"是一把手枪吗?看来此人与暴力团有关系。"

接着,弓江又从死者的上衣口袋里拿出一只名片夹,粗粗地看了一下,说道:"名片夹里有名片,上面写着吉川一的名字。"

"是他本人的名片吗?"

"可能是吧,里面都是同一张名片。"说到这儿,弓江突然发出一声惊叫。

"怎么啦?"

"你看看这张名片上印的工作单位。"

名片上清晰地印着"'幸福馆'事务局长"一行小字。

大谷拿来名片一看,疑惑地问道:"幸福馆? 不就是你想调查的目标吗?"

"是的,名片上的地址也是相符的。"

"唔……难道是幸福馆的事务局长自杀了?"大谷感到此事非同寻常,立即吩咐弓江,"现在最成问题的是那把二十二毫米的手枪,你务必要查清这把手枪的来历。"

"好的。我觉得这起自杀事件极有可能是那个叫崎的男子暗中捣鬼。"弓江自信满满地说道。

大谷微笑着夸赞:"你的直觉很敏锐!"

弓江撅起小嘴,"那也比不上伯母大人。"

这时,一名刑警过来向大谷报告,"警长,车载电话响了。"

"知道了,是谁打来的?"

"好像是你母亲。"

大谷干咳一声,"是吗? 那我现在就去接电话。"

弓江望着大谷的背影,无奈地叹息道:"真没办法,当个孝顺儿子也不易呀。"

她心想将来即使有了儿子,也绝不能事事处处地干扰他。可惜自己到现在还是独身一人,不知道猴年马月才能盼出头。

弓江有些沮丧地耸耸肩。她知道要想有儿子,首先要有当儿子父亲的男人。

于是,她暂且把注意力又集中在死者的身上,发现其中还存在着多个疑点。

那个吉川一确实与众不同,身穿上等的西服,连鞋子也是产自瑞士或法国巴黎的名牌,而且……

弓江蹲下身子仔细地察看着死者的左右手腕,总觉得好像缺了什么,最后终于发觉手腕上没戴手表,这大大出乎弓江的预料。

对弓江而言,所谓的幸福馆是个神秘的场所,她无法想象,也从来没有想到有这样的地方。

从那个叫崎的馆主做派和吉川一神秘之死来考虑,幸福馆一定是个有着太多秘密的阴暗角落。

弓江立刻赶去幸福馆进行现场观察。

现在正是明亮的大白天,那儿不知为什么聚集了许多年轻的女孩。仔细一想才恍然大悟:今天是星期六。

也许是放学后顺道过来的缘故,有些人还是穿着校服、背着书包的女学生。涉谷是个像弓江那样的年轻女性喜欢步行逛街的地方,素有"青年街"之称。

幸福馆就位于这样繁华喧闹的地段,而且还在一座"购物中心"的大楼里。

弓江乘自动扶梯到达五楼后,笔直向前走,在忙乱的人群里终于找到了位于商场一角、挂着幸福馆招牌的场所。

幸福馆的入口装饰着各种不断闪烁的彩色灯泡,像个女孩子们喜爱的童话世界。

"就是这儿吗?"弓江有些惊愕地驻足而立。

这儿确实是幸福馆的入口处,旁边贴着"崎先生的占卜能预知你的未来!"的大型文字广告。还竖立着一块和崎真人一般大的画板。那个崎先生披着长长的斗篷,就像英国著名作家布拉姆·斯托克笔下的吸血鬼。

这儿就是幸福馆。不管它的外表如何,馆主就是少女杂志上经常刊载的那个"占卜大师"。

当然,占卜也是一项工作。

弓江从入口处进入后,看到一个穿着古代连衣裙的女子正坐在办公室桌旁。办公桌上放着"问讯处"的三角牌子。

弓江上前对那位办事员说道:"我想见崎先生。"

那个办事员是个肤色白皙的美少女,给人的感觉很好。她对弓江事务性地看了一眼,礼貌地回答:"请排队等候吧。"

"那我要等到什么时候才能见到崎先生呢?"

"那儿正排着队,请排到末尾。"

弓江朝着那少女指示的方向看去,那儿已有好多年轻女子排着队,想必都是来占卜问卦的。弓江心想如果现在出示警察证件,马上就能见到那个家伙,但她觉得还是和普通人一样排队,听听她们如何评介这个崎先生为好。

于是,她高兴地对那少女说:"谢谢!"

"不用谢!"那少女微笑道。

这时,排队的人越来越多,队伍甚至拐了个弯,弓江只得快步走向队尾。队伍已经排到了楼梯口,还在往楼下延伸。弓江默默地顺着队伍往下走,从五楼一直走到三楼,还不知道队尾在哪儿。最后,她终于在一楼上二楼的楼梯转弯部位排上了队。

"真不得了!"弓江惊叹道,她不知道要排队等多长时间。

弓江刚排上队,马上又有五六个女孩排在她的后面。真没想到那家伙会有这样的人气。

这些排队的女孩大多是结伴而来的,她们可能见惯了这样的场面,所以都作了充分的思想准备。排队期间,一边无拘无束地交谈着,一边轮流去买饮料或汉堡包解渴充饥。

弓江没有办法,只得硬着头皮排队等待。她估计要排队一整天才能见到那个家伙。

过了十分钟左右,前面排队的三个女高中生中的一人买了饮料回来,并把其中的一瓶饮料递给弓江,"请喝吧。"

弓江一时愣住了,"是给我的吗?"

"要等很长时间,嗓子一定会干渴的。"

"那太感谢了。多少钱一瓶?"弓江收下那瓶冰冻饮料感谢道。

"不要钱。"

"那怎么行?"

"这是免费的。饮料费已算在'谈话费'里了。噢,对了,大嫂也要和崎先生谈话吗?"

弓江听到那个小女生竟然这样称呼她,心里受到不小的打击。她立刻站直了身子,勉强地笑道:"嗯……是啊。你们经常来这儿吗?"

"对,每个月都来一次。"

"是吗?崎先生说得准吗?"

"看样子大嫂是第一次来的。"

"是的。"

"崎先生会认真地倾听你的烦恼,然后告诉你应对的方法。他和那些招摇撞骗的江湖占卜师完全不同。"

"噢,是这样的。"

"当然,为了让那些顽皮的孩子及时回头,有时也会提出严厉的批评。不过,对于大多数的年轻人来说,只要肯听他的话,都能顺利地解决各种心理问题。"

"他可真是个好人哪。"

"绝对是个好人!而且特别可靠。对你的谈话严守秘密。"

其他几个女生也附和道。

交谈中,弓江不由得产生了一种隔代的疏离感。当然,那个小女生所说的"烦恼"一定有绝对不能对父母和老师说的内容。弓江也有过这样的少女时代,完全理解这些小女生的心情。

可是,令弓江感到困惑的是父母和老师应该是女孩子们关系最亲密的人,但他们并不是女生倾诉心事的对象。

那个小女生说:"爸爸妈妈都很忙,我从来没有和他们好好说话的机会。"

"是啊。"其他女生也表示认同。

还有一个女生说:"我以前曾经和班主任说过心中的烦恼,没想到他在教师会议上把我的话都说出来,害得那些朋友都不理我。"

弓江心想那些小女生说的不无道理,也许教师中有不少只会作"大人判断"的人。

队伍的移动比想象快得多。其实,与占卜师谈话的往往是一个人,却有五六个"陪伴"。弓江见此情景稍稍松了口气。

照此下去,不用排队到晚上就能见到那个家伙了。

弓江与前面的三个小女生已经完全消除了隔阂,大家叽叽喳喳地聊得正欢。这时,一个女人从楼上走下楼梯。

"啊,俱子!"弓江突然眼睛一亮,急忙招呼道,"是俱子吗?"

也许听到了弓江的声音,那个女人走下几个台阶后回过头来,惊喜地叫了一声,"原来是你啊,弓江!"

"是呀,我们已经好长时间没见面了。"

弓江和江藤俱子是高中同学,两人的关系特别好。

"你看上去特别精神。"江藤俱子羡慕地说道,她本人却是一脸的憔悴。

弓江急切地问道:"你怎么样?现在在做什么?还在上班吧?"

"唉,我现在是闲人一个。"俱子有些落寞地笑道,"弓江警官,你还是老样子没变。"

听俱子这么一说,前面的三个小女生不约而同地发出了"哎?!"的一声惊叹。

弓江笑道:"这没有什么,我也想到这儿请教一下崎先生。"

俱子面露尴尬地说道:"对不起,我有点急事……"

"没关系,我们下次再见面吧。"

弓江看到俱子慌慌张张地离开现场,不由得为她增加了几分担心。

如果真有急事的话,在和弓江见面之前就该急匆匆地下楼。显然她不想和弓江在这儿闲聊。

俱子……难道俱子也来幸福馆找那家伙谈心吗?

如此来看,这幸福馆……

"哎,大嫂,你真是警察吗?"一个小女生问道。

"是,我是警察。"

"那可是个体面的职业。"

"不能这么说,什么工作都是一样的。"

"你们当警察的也相信占卜吗?"

"当然。"弓江一本正经地点点头,"我也想请占卜师帮我了解罪犯藏在什么地方。"

6 动摇

"啊,原来是警察小姐!"崎睁大眼睛热情地说道,"实在太难得了。你一直在外面排队等候吗?真是失礼,其实你只要说一句话就行了。"

"没关系,我在外面排队等候也很开心,"弓江从容地坐在沙发上,"没想到你这么有人气,真不简单。"

"这没什么,我也不知道从什么时候开始,那些小姑娘对我产生了兴趣,找我谈心的人越来越多。噢,介绍一下,这是我的女儿由美。由美,快给客人上茶。"

"是,爸爸!"由美说着走出了谈心室。

"你女儿也在这儿工作吗?"

崎笑道:"是呀,她在这儿帮我看前台,现在没有她还真难办呢。不过,这样还得给她加工资,真让人头疼。"

弓江看到谈心室的房间并不大,墙上贴着紫色的天鹅绒,心想这可能使进来的谈心者产生一种安全感。

崎两手交叉着细长的手指,谨慎地问道,"警察小姐今日来敝馆有何贵干? 是个人的谈心还是公事?"

"是公事。"弓江直率地回答,"首先,我想问仓林良子是否经常到你这儿来?"

"是的。"

"良子痛恨那个死去的心中偶像田崎建介。你这儿是谁教她对建介念咒语的?"

"没有那回事。"崎断然否定,"她确实恨建介,因为心中害怕才来这儿的。"

"你对良子说了些什么?"

"我对她说不要为了那个卑鄙的男人而浪费自己宝贵的青春,那种男人终有一天会自我毁灭的。"

"他已经死了。"

崎肯定地点点头,"是的。听说是心脏病发作死的,这也是一种报应。"

这时,由美送上一杯香茶。弓江轻轻呷了一口,"这茶好香啊。"

"谢谢!"由美微笑道。

崎突然发问:"你正在恋爱吗?"

"你说什么?"弓江一时显得有些狼狈。

"我是说,这种事不需要超能力,一看便知。因为你的身上正散发出一种恋爱中女人的光芒。"

"这是真的吗？"弓江的脸上飞起了羞涩的红晕，"这个……"

"不过，你的恋爱中也有障碍，而且正为这个障碍烦恼不已。"

弓江无言地看着那个家伙。

"你和恋人之间存在阴影，对吧？只要这个阴影不消除，你就不能得到美满无缺的爱情。"

"这个……"

"恕我冒昧，那个阴影应该是你恋人的母亲吧？"

弓江的心猛然悸动起来。

"不错，就是他的母亲。也许这种母爱没有道理可言，不管儿子的恋人再怎么优秀，她一概都会采取排斥的态度。"

"这个，暂且不要说了……"

那家伙径直说下去："这真是个悲剧。你们本来是对应该喜结良缘的佳偶，由于母亲的作梗，最后不得不分手。这是绝不该发生的事，不仅是他的不幸，也是你的不幸，他母亲的不幸。因为儿子的不幸必然导致母亲的不幸。终有一天，儿子的爱会转变成对母亲的恨。所以，你要获得爱情，必须扫除这样的障碍。"

弓江拼命地想转换话题又无可奈何。

"爸爸，你失礼了！"在旁边听的由美忍不住插嘴道，"你怎么老是随意地发挥。"

"哦，对不起，我只顾自己说了，忘了你的感受和来意。"崎抱歉地笑了笑，"我整天听那些女孩子诉苦，好不容易才遇到像你这样的知性女子，所以不知不觉地说过了头，真是失礼。"

"没关系。"弓江满脸通红地淌着汗水。

"你还有什么话要说吗？"

"我想问……吉川一的事听说了吗？"

"吉川一？他是我们幸福馆的事务局长。这儿的办事员只有由美一人，其他人都是临时打工者。"

"听说吉川一先生从前天开始休假了。"

"是啊,他平时很少休假。警察小姐,吉川一怎么啦?"

由美急促地插嘴道:"他死了!"

"死了? 真是吉川一吗?"

弓江严肃地回答:"是他本人,昨晚在一座大楼的建筑工地不幸死亡。"

"是事故死亡吗?"

"不,他是从高楼坠亡的。"

"那么说,他是自杀喽?"

"我也这么想的,因为有目击者证明。"

"这为什么呀?"崎摇头叹道,"难道他有烦恼吗? 我怎么一点都没注意到,真是太疏忽了。由美,你听说过他有什么不顺心的事吗?"

"没有……我听到这个消息后也吓了一跳。"由美说话时脸色发白,显然受了刺激。

弓江道:"吉川一随身只带了一样东西。"接着,她对那家伙说起那把二十二毫米口径的手枪,又问,"你有什么相关线索吗?"

"没有,我根本没有这方面的线索。这事给你们添麻烦了,实在对不起。"

"我想到他的住所去看看。"

"由美,快去查一下他的住所地址。"

"是。"由美说着立刻离开了。

那个家伙有些沉闷地说道:"我女儿平时和吉川一的关系很好,听到这个消息后一定受到了很大的刺激。"

"吉川一有家眷吗?"

"他和老婆两人生活。他的老婆一定不知道丈夫自杀的事情。"

"但我必须请她去确认吉川一的尸体。"

"那我也一起去吧,让奈子一人去太可怜了。"

"他夫人叫奈子吗？"

"是啊，年纪轻轻的，只有二十七八岁。吉川一已经四十出头了，讨了这么年轻的老婆，为这事还常受到别人的讽刺呢。"

由美很快就拿了一张写着吉川一住所和电话号码的纸条回来。

弓江道了一声谢，又对崎说道，"接到我通知后，请你暂且关了幸福馆，和奈子一起去尸检所确认吉川一的尸体。"

"我明白。"

"那就多谢了！"弓江说着就和由美一起离开了谈心室。

"真是晴天霹雳！"由美说道，"吉川一是个多好的人哪。"

弓江刚要走，突然回头问由美："请你告诉我，吉川一平时一直戴手表吗？"

由美露出疑惑的神色，"是啊，他一直喜欢戴那只浪琴表，有什么问题吗？"

"没什么……那么，再见了！"

弓江离开幸福馆朝外走，看到外面还是和先前那样排着长长的等候队伍。

她慢慢地顺阶而下。刚才那家伙说的话无意间击中了内心的要害，使弓江产生了动摇。

"母亲和儿子都不幸……去除障碍……"

不行！不行！弓江使劲地摇着头。

真是愚蠢，我怎么能相信那个占卜师的鬼话呢？

弓江走出购物中心大楼后猛然快步奔跑起来，虽然不知道自己要干什么，但她还是想尽快离开这个鬼地方。

"没错，就是他！"吉川奈子说着，拿出手帕掩面痛哭。

"请镇静一点。"崎抱着奈子的肩膀安慰道。

"真可怜。"大谷同情地说道，"跟我来吧。"

走廊的拐角处有个接待角,众人落座后,大谷和弓江对视了一眼,询问奈子:"夫人,有个问题想请教。你丈夫自杀了,有没有留下遗书? 你还有什么可供查证的线索吗?"

奈子擦了擦眼泪,深深地叹了口气,"我什么都不知道。他最近好像很忙,每天总是很晚回家,没法和他好好说话。不过,他也没有特别异样的表情。"

"你知道丈夫有手枪的情况吗?"

"我完全没想到,也不知道他这把手枪是从哪儿来的。"

"我们正在调查这把手枪的来历,感到特别困惑。"大谷不露声色地说着,"不过,他随身带着手枪,一定感到有什么危险了。"

"他再怎样也没对我提起这事。"奈子有些神经质地回答。

奈子身材颀长,是个标准的年轻美人。

弓江感到奈子因丈夫突然自杀而感情失控,这样的表情似乎很真实。

大谷问:"现在我要问问崎先生。你有什么线索吗? 你过去起用他,看中他的什么优点?"

"我的回答也很清楚。吉川一是个难得的人才,他计算及记忆细小数字的能力特别强。而且为人厚道,十分可靠……"

"原来如此! 但是他自杀的原因还完全不明,我们必须继续进行深入的调查,希望能够理解。"大谷严肃地说道。

正在这时,忽听得走廊上响起一声高亢的声音:"努儿!"

原来是大谷母亲手提着装着便当的包袱赶来了。

大谷听到母亲的声音后,尴尬地咳嗽一声,对众人说道:"对不起,我出去一下。"说完,他急急忙忙地朝母亲的方向走去。

崎和奈子目瞪口呆地看着大谷从母亲手里收下那份便当。弓江则有意把视线转向别处。

大谷母亲十分认真地叮嘱道:"今天我做的便当特别好吃,你要全部吃光。"

大谷朝在场的人看了一眼，对母亲小声说道："你快走吧，我们正在谈工作。"大谷母亲满不在乎地朝崎走去，对他大声嚷嚷："我知道，你就是现在在女孩子中特别有人气的占卜师。"

"您这么说，真过意不去。"崎说着站起身来，"鄙人叫崎。"

"我是大谷的母亲，是个特别有灵感的人。"

"妈妈！"

"你别那么紧张，我看过少女杂志，那位崎先生的照片就登在杂志上。"

"怎么会有这种事？你在什么地方看过少女杂志了？"

"是在电车上看到的。坐在我旁边的女孩正在看少女杂志，我偷偷地瞄了一眼。"

看来大谷母亲是个好奇心特别强的老人。

"打搅了！"大谷母亲对崎说道，"请多多关照努儿。"

"好的。"崎恭敬地回答。他显然也被大谷母亲的气势所压倒。

大谷母亲走后，大谷擦了擦汗，对众人致歉道："对不起，刚才失礼了。"

崎讨好地说道："没关系，你有这样健朗的母亲，真是福气。"

"谈不上健朗，只不过比一般的老太太更有精神罢了。"大谷连连摆手道。他本来还想说下去，但一时忘记了刚才说到哪儿，只得含糊其词地收尾："我们今天就谈到这儿，以后有什么新的发现再联系。"

"多谢了……"吉川奈子感激地说道。由于大谷母亲的突然出现，使她暂时忘却了丈夫死亡的沉重打击。

崎和奈子走后，大谷说了声"这下好了！"，一屁股坐在接待角的沙发上。接着，他有些无奈地叹道："妈妈也真是的，总是突然出现在不该来的地方。香月，你怎么啦？"

听到大谷叫唤，弓江终于清醒过来，"噢，没什么，实在对不起！"

"这儿有妈妈带来的便当,还要出去吃吗?"

"我们还是回到小车里去吃吧,我也买了一些食品。"

"那好吧。"

于是,两人离开了尸检所。

此时已是傍晚,正是吃晚餐的时候。

就在大谷开车行驶的时候,弓江呆呆地看着前方。

这时,崎把手搭在奈子的肩上往家走。突然,他回过头来,似乎发现弓江正在望着他们。当和崎的目光对接的时候,弓江只感到后背透过一阵寒意。

"我明白了你的感受。"尽管崎没有说话,但她仿佛听到了那家伙说话的声音。

弓江使劲地摇着头,我到底在想什么?!

"你怎么啦?"大谷关切地问道。

"没什么,只是有点头晕。"弓江说着闭上了眼睛。

"你不舒服吗? 也许昨晚没睡好吧?"大谷把车开到路边停下来,"要不要稍微休息一下?"

"没关系。"弓江重新挺直了身子,叹息道,"就是有点不满足。"

"还是没有睡好吧?"

"不。"弓江微笑道,"我对你感到不满足。"

大谷会意地抱着弓江,给她一个甜蜜的热吻。

7 影子

"好了,就是这儿。"山仲忠志说道。

"部长……"

"你把车停在前面吧。"

"好的。"

武田秘书随即把车停在道路的一边,小心地问道:"要在这儿等候吗?"

"不需要!"山仲干脆地回答,"我自己会想办法回去的。"

"我知道。"武田下车为山仲打开车门,又问:"部长,明天……"

"明天我出去开会,白天不在公司里。"

"明白。可是,部长……"

"什么事?"

"如果有急事的话,该怎么办呢?"

"没有什么急事,不用担心。"山仲说着轻轻地拍了拍武田的肩膀,"明天见!"

"明天见!"武田刚说完,又细心地问道,"我还有一事不明,部长你今晚……"

山仲有些不耐烦地皱起眉头,"工作忙的话我会住旅馆的,你就不要操心了。"

"好的。"

山仲朝武田挥了挥手,大步而去。

这一带是安静高雅的公寓区。

"难道部长又找到了新的女人吗?"武田轻轻地摇摇头,迅速驾车驶离。

山仲走到一条没有行人的街道。

尽管他总认为这个女人很麻烦,因为今天工作太累了,所以还是决定去那个女人的家。

夜风有些寒冷,但吹到疲惫的脸上还是感到快意。山仲觉得自己孜孜以求的就是过这种充实的生活。一个人的人生如果不充实,那就没有什么意义。对于山仲这样的男人来说,没有作为的空白时间是最无意义的。他喜欢"充实的工作",但容易产生疲劳,所以需要得到"充实的休息",然而这种休息在家里是得不到的。

山仲一边走,一边仰望着左右两边的公寓。此时已有很多房间的窗口亮起了灯光。

当然,在这些亮灯的窗口里肯定有不少等待丈夫夜归的女人。其中也有几个等待着山仲这类特殊男人的女人。

其实,山仲并没有对妻子不满,他的妻子至今还是个富有魅力的女人。但是,他对于妻子只有一种理所当然的"安乐",却没有特别刺激的"紧张"。山仲追求这样的充实生活,觉得自己的人生就该如此。

"咯、咯……"

山仲突然停住了,感到身后传来了似乎尾随自己的脚步声。

回头看去,什么人都没有。这条街道能见度很高,而且亮着街灯,四处一片光明。

山仲耸了耸肩,继续走路,同时不由得想起俱子的事来。其实,这个女人也够可怜的,他也并不想那样地和俱子分手。但是,男女之间,只要发生了那种情况,那就什么都完了。想到俱子撕掉支票,扔在地上的事,他还有些心痛。说句心里话,山仲对俱子至今还多少有些迷恋。

山仲自己也清楚,和现在那个女人的关系长不了。他之所以迷恋那个女人,是因为她与俱子十分相像的缘故。但是,仅仅这一点是远远不够的……

"咯、咯、咯……"

山仲一停住,身后的脚步声立刻消失了。

"是谁?!"

山仲回过头去,忍不住大声问道。

寂静的街道上悄然无声,只有自己的声音在回响。

"你是谁? 快给我出来!"

没有回应,四周依然一片静寂。

山仲突然有些忐忑不安：这种僻静的地方会有强盗吗？转念一想，又感到释然，反正离那个女人的住所不过几百米的距离，不会有什么问题。于是，他加快步速，大步流星地向前走。这时，他又有些后悔，要是武田把车子直接停在那个女人的公寓前面就好了，况且那家伙很聪明，口风又紧，早知道这样，就不会出现这种情况……

"咯、咯、咯……"

身后又传来讨厌的脚步声，而且和着自己走路的节奏越来越快，越来越响。山仲不得不再次停住脚步，转头回望，后面的街道上还是杳无人影。

山仲心虚地不断加快步速，以致最后奔跑起来。

"哒、哒、哒……"

身后的脚步也变了调，似乎也随之奔跑。

山仲紧张得脸色发白，心脏在剧烈地悸动着。

没有多少路了。几十米、二十米、十米……山仲狂奔着冲进明亮的公寓大堂里。

当他喘着粗气回头看时，那个脚步声又突然消失了。

这是怎么回事？到底为了什么？

山仲不停地耸动着肩膀大口喘气，后背沁出大量的汗水。

从灯光明亮的公寓大堂朝外望去，外面的街道上漆黑无人，一片死寂。

那个脚步声……难道是我幻听吗？

不对！我不可能幻听，确实听到了那个脚步声。一定有人在跟踪我。

"你怎么啦？"身后突然传来一声问话。

山仲"哇"的一声惊跳起来。

"到底是怎么回事？"

山仲回头一看，一个穿着睡衣的女人正站在身后呆呆地看着他。

"原来是你啊,吓了我一跳!"

"我刚才从窗口看见你奔跑着冲进公寓,觉得很奇怪,不知道发生了什么事。"

"你看见了?"

"嗯。你在练习跑步吗?"

"没有。你看见时,街道上只有我一个人吗?"

"你说什么……当然是你一个人。"

"是吗……"

"你不要紧吧?是不是太疲劳了?"那个女人看着山仲的脸色,关切地问道。

"不是。没问题,我们一起走吧!"山仲搂着那个女人的肩膀,勉强地挤出一丝笑容。

"是啊,"旬子说道,"当个女警官也不错。"

"你说什么?想当警官吗?"周围的同学们哄笑道。

"这有什么奇怪?!"

"如果旬子是警官,大家都是罪犯,还是赶快逃跑吧。"

"是啊,是啊。"

"我虽然跑得慢,但这不是问题。"

"不过,旬子你不是一直想当个服装设计师吗?为什么突然改变主意要当警官呢?"

"人的志向可以改变,难道不是吗?"说到这儿,旬子的口气严厉起来,"我要好好教训那些平时老是嘲笑我的家伙。"

——现在正是午休的时候,但是女子学校的午休依然十分热闹。按照学校的严格规定,学生午休必须保持安静。而旬子的学校却比较松懈,所以学生们的自由度很大。

吃完午餐的便当后,旬子就和同学们一起叽叽喳喳地闲聊。就在大家谈兴正浓的时候,旬子突然宣布她将来要当警官。虽然她改变志向的动机并不复杂,但除了两个陪同她去幸福馆的同学心里明白之外,对其他同学来说仍然是个天大的秘密。

自从那天偶然见到了那个美丽和气的女警官后,旬子的想法有了彻底的改变,她开始憧憬着将来也能当一名这样的女警官。旬子原来对女警官的感觉并不怎么好,特别是那些负责交通管理的女交警更是给她留下了严厉、唠叨的坏印象。但是,那天碰到的刑事警官却迥然不同。她极普通,又很亲切,令人耳目一新。

当然,那个女警官肯定带着手枪,而且还应该是个柔道高手。一旦碰到凶恶的罪犯,想必就能给予严厉的打击。

一想到那个人见人爱的女警官能做出一番惊天动地的大事,旬子就心潮澎湃地激动不已。

我或许将来也能当个女警官——一个十七岁的女学生凭借着丰富的想象力,轻易地把自己想象成一个技能高超的女警官,而且还有和罪犯激烈搏斗、英勇地救出一个美男子的惊险场面。其实,旬子跑步的速度很慢,她的运动神经似乎很迟钝,所以自己很清楚这是当女警官的最大障碍。但她并不感到沮丧,觉得即使是空想也无大碍。

“啊,还剩下五分钟了。”旬子不由得站起身来。

她是本周班级的“卫生委员”,必须利用午休时间,赶紧把放在屋角的畚箕里的纸屑等垃圾倒干净。因为到了下午,本周值班的高三学生就会来班级检查卫生。

旬子手提着塑料畚箕匆忙地奔向走廊。好在里面大多是些纸屑,分量并不重。

“旬子,你今天是‘卫生委员’吗?”问话的是六户先生。

他是个三十四岁的英语老师,虽然说不上英俊潇洒,但性格开朗、待人和蔼可亲,在学生中很有人气。

“是。”旬子恭敬地回答。

"辛苦了。"六户说着朝教师办公室走去。旬子心想老师真好,总是那样关心学生。自从去年有了自己的孩子,他的脾气越发好了。

　　六户老师结婚七年来一直没有孩子。就在绝望的时候,他的夫人意外地怀孕,生下了孩子。

　　旬子走出教学楼,朝学校后院的焚烧炉方向走去。一个其他班级的学生在她前面把垃圾倒入焚烧炉后正巧原路返回,她和旬子打了声招呼匆匆而去。旬子把畚箕里的垃圾倒入焚烧炉后,轻松地说了声,"我的任务完成了。"

　　当她准备返回教学楼时,忽听得有人叫她:"请等一下!"

　　"谁?"旬子本能地转过头去。

　　她看见身后站着一个穿着大衣、戴着墨镜、形迹可疑的男子。

　　"有什么事吗?"旬子警惕地问道。她看到后院的校门紧锁着,不知这个男子从何处冒出来。

　　那个男子问:"你认识六户老师吗?"

　　"当然认识。"

　　"请把这个交给他。"那个男子说着从口袋里掏出一只信封。

　　"这个……"

　　"你把信封交给他就可以了,他会明白的。"

　　旬子刚想说声"讨厌",那个男子就不容分说地把那个信封硬塞给旬子,然后在顷刻间消失了人影。

　　"真是个怪人!"旬子无奈地耸了耸肩……

　　由于不能随便把这个信封扔掉,旬子只得在返回教室的中途,顺便进入教师办公室,把那个信封放在六户老师的办公桌上。此时的办公室里空无一人,老师们通常在午休时间不待在办公室。

　　旬子洗好手,刚回到教室,上课铃就响了。

　　下午的课程开始了,旬子暂且忘记了刚才碰到的那个奇怪男子以及那个信封的事情,她的目光紧盯着老师在黑板上写的有关考试中的重大事项。

大约过了半个小时，教室的门外突然响起了轻轻的敲门声，打断了老师的上课。

少顷，教室的门开了，门口站着一个脸色苍白的学校女办事员。

"老师，对不起，请您出来一下……"那个办事员焦急地说道。

已经上了年纪的教授日本古文的老师被莫名其妙地叫到走廊上，两人开始小声地交谈。

不一会儿，老师十分紧张地返回教室，声音低沉地说道："剩下的时间大家自习吧。"

学生们听了不由得面面相觑……究竟发生了什么事情？

一名学生忍不住举手提问："老师，这是为什么呀？"

"这个嘛……以后再告诉你们吧。"老师说着，径直离开了教室。

刹那间，教室里炸开了锅。与此同时，其他教室里也传来了喧闹的声音。

究竟发生了什么事？

旬子心里没有底，只得无聊地阅读一本看了一半的小说。当然，她对此怀有强烈的好奇心，所以没看几页就看不下去了。于是干脆扔下小说和其他同学在教室里闹哄哄地议论不休。

大约过了十分钟，教室的门砰的一声打开了，一个当值负责茶水服务的女学生气喘吁吁地跑进教室。

这个学校规定学生轮流担任招待来客的茶水服务员。

"不得了，出大事了！"那个学生脸色苍白地大声嚷嚷。教室里顿时安静下来。

"六户老师……"她刚说了一句，旬子不由得警觉地抬起头来。

不知是谁插问道："六户老师怎么啦？"

"具体原因我也不知道，六户老师午休后就回家了……"

旬子知道六户老师的家在学校附近的教员宿舍里。

"快说！究竟发生了什么事?！"

"嗯……他的夫人被人杀害了……"那个学生陡然提高了嗓音。

"你撒谎！"有人怒斥道。

"现在警车都开来了。"

旬子心中一惊：刚才确实听到几下警笛声，难道真的发生了那样的事……

那个女生最后哭着说道："老师……杀了他的夫人和婴儿！自己也自杀了……"

所有的人都惊呆了。教室里一片静寂，甚至听不到呼吸的声音。

不知是谁率先哭出声来，继而全班同学开始痛哭流涕。

突然，旬子的铅笔盒从课桌上掉下来，只听得哗啦一声，铅笔盒内的各类文具杂乱地散落在地板上……

8　纪念品

"部长，下午三点之前您有什么事？"武田问道，"根据日程安排，下午三点公司要召开部长会议。部长，您在听我说吗？"

"嗯?！"山仲转过脸，看着武田，"你在说什么？"

"部长……您大概有点疲倦了，要不要休息一下？"

"谁说我疲倦了？"山仲不高兴地嘀咕道，"菜上得真慢。"

这儿是法国料理店，山仲正和武田在此用午餐。

"我去催一下，"武田说着站起身来。突然，他压低嗓音说道，"部长，您看！"

"什么？"山仲顺着武田的视线看去，发现江藤俱子正站在那儿。

"我知道你在这儿，"俱子说着走了过来，"这家店出菜很慢，性急是不行的。"

"是啊。"山仲点点头。

接着,他对武田说:"你先回公司吧。"

武田有些犹豫,"可是……"

"我三点之前会回公司的,你快去!"

"好吧。"武田对两人行个礼,迅速地离开了料理店。

俱子问山仲:"我可以和你一起用餐吗?"

"没问题,我已经订了两个人的套餐。"

俱子在山仲的对面落座,又问:"你好像有些疲倦?"

"你能看得出来?"

"那当然。也许是你现在的那个她精力过于旺盛的缘故吧?"

山仲暧昧地笑了笑。他发现今天的俱子与以往判若两人,不仅衣饰华丽,还恢复了过去迷人的青春形象。

"上次我一时冲动做了错事,实在对不起!"没想到俱子一开口就提及那件事,"我不该撕碎那张支票。"

"你不要说了,那也是我不好。"山仲有些动情地说道。

"因为知道你托武田拿那张支票来搪塞我,所以一时控制不住自己的脾气。说句心里话,我不要你的钱。"

"你的确不是个贪财的女人。"山仲点头道,"也从来不要求我为你买这买那。"

"我想如果真心相爱,就应该是这样的。"

"可是……好吧,我们暂且不说它了。"

这时,服务员开始上菜了。山仲对俱子道:"我们先吃饭吧。"

"好的。"俱子随口应道。

山仲一边吃,一边问:"你现在怎样了?"

"我已决定回乡下老家过日子。"

"回乡下老家?为什么?"

"如果不回乡下就无法下决心改变现在的生活。当然,在我们乡下的小城镇是吃不到这种高级法式料理的。"

"你不准备嫁人吗？"

"也许会吧，不过我现在想先去乡下放松一下再说。待在这样的大都市，虽然讨厌也得急于糊口谋生。"

"嗯，你说得有理。"山仲颔首表示肯定。

接着，两人开始默默地用餐。

用完餐，服务员端来了咖啡。山仲看了看手表，"现在只是一点四十分，到三点还有充裕的时间。"

两人再度对视着，山仲从俱子的眼眸深处看到了燃烧的激情。

"你有什么想法吗？"山仲试探道。

"我是有备而来的。"俱子的目光更加柔和，"我希望你能最后一次拥抱我。"

山仲的胸腔里顿时燃起熊熊的欲火。

此时，他的脑海中不时交错地闪过两种念头。一种是痛悔自己不该那样薄情地抛弃俱子，另一种是反正是最后一次了，再次缠绵也不会有损于自己。

于是，他毅然决然地对俱子说道："好吧，我们现在就走。"

"你不喝咖啡吗？"

"现在时间最宝贵。"山仲说着立刻站起身来。

"几点了？"山仲微微喘息着问道。

"现在……只有两点半，这就准备走了吗？"俱子在床上慵懒地翻动着白嫩的酮体。

"唔，现在还早，再休息一下也可以。"

在没有窗户的情人旅馆里，虽然分不清白天黑夜，但大多数来此缠绵的恋人都像童话中的灰姑娘那样，一到时间立刻离馆而去。

"俱子！"山仲软软地说道。

"嗯。"俱子一脸的媚态。

"你真坏,还是那么厉害。"

俱子一声娇笑,"这些都已经过去了,还是忘了吧。"

"那好,我去洗个澡!"山仲说着起床走向浴室。

"嗨!"俱子从床上柔柔地叫了一声。

"有什么事?"

"我想从你的随身物品中拿一个作为纪念品。不会拿昂贵的东西,你说可以吗?"

"可以,你随便拿吧。"浴室里传来山仲的话音。

山仲一边冲淋着身体,一边为自己过早地抛弃俱子后悔不已。那样的女人不会再有了,难道在两情相浓的时候分手是最好的选择吗?

他感情复杂地用浴巾擦干身体,然后穿着浴衣走出浴室,随口说道:"你也去冲洗一下吧。"

无人应答,悄然无声。山仲这才发现亮着灯的房间里不见了俱子的倩影。与此同时,他看见桌子上还留着一张字条。这是俱子留下的,娟秀的字迹如同她平时为人那样真诚:见了你的面才知道说声再见是多么艰难。我先走了,带走了你一直使用的领带夹作为纪念品。祝你幸福!俱子。

哦,她拿走的是领带夹。这确实是当时作为纪念品而买的。虽然一直在用,并不是价值昂贵的奢侈品。那种物品没有了也很好解释。只要说在哪儿丢失了就能应付过去。山仲在心情放松的同时,越来越为失去俱子感到遗憾。

"太惨了……"大谷叹息道。

"真是惨不忍睹。"弓江失去了在现场长时间勘察的勇气。

"这到底是为什么?难道他突然发疯了吗?"

"现在还不清楚他作案的动机。但是,一个平时温文尔雅的学校老师,突然残忍地杀害自己的老婆和婴儿,自己再自杀,这确实非同寻常。"

两人离开学校的教员宿舍,深深地呼吸着外面的新鲜空气。

弓江问一个在场的老师:"听说学校决定临时放假,要求全校的师生暂且回家,是吗?"

那个老师露出茫然无措的表情,"学生们听到这个消息后人心惶惶,课也上不下去了。"

这时,那个老师看到附近站着一个女生,大声喊道,"嗨,你怎么也来了?"

弓江循声望去,大感意外,"怎么是你? 最近还好吗?"

那个女生对弓江默默地低下了头。

弓江若有所悟地问道:"是你把那封信交给六户老师的?"

"是……"旬子点头承认,"一个奇怪的男人硬把一个信封塞给我。要我把它交给六户老师,所以我就把那个信封放在老师的办公桌上。"

"如此说来,六户老师午休后又来过办公室……"

"要是我不把那个信封放在老师的办公桌上就好了。"

"现在不要再想这事了。"弓江亲切地搂住旬子的肩膀,安慰道,"你这样做也很自然,再说这也不是造成这次事件的唯一原因。"

弓江虽然这样说着,心里却已认定那个奇怪男子交付的信才是肇案的起因。

接着,弓江从旬子的口中了解了六户老师的各种情况:他长时间没有小孩,去年因其夫人生下了孩子非常高兴,性格也比平时更开朗,在学生中很有人气……

弓江对旬子说了声"你在这儿等着!",自己迅速地返回教员宿舍。

她仔细搜查了现场的废纸篓和其他地方,没有发现那个信封。最后走进厨房,终于在置放厨余的垃圾筒里发现了一堆烧毁丢弃的纸灰,也许就是那个可疑的信封。

　　弓江立刻叫来负责鉴别的技术专家,小心地取出那堆纸灰,希望通过技术手段查清纸灰里的内容。

　　技术专家仔细地查看了那堆纸灰,胸有成竹地回答:"这是照相纸的纸灰,烧毁的一定是照片。"

　　"照片? 你能辨识出照片的内容吗?"

　　"这个……基本上都烧毁了,很难辨识。"

　　"你再想想办法试试。"弓江说着离开现场来到外面。

　　此时,大谷正皱着眉头苦思冥想。

　　"警长!"弓江兴奋地叫了一声。

　　"有什么新的发现吗?"大谷充满期待地抬起头来。

　　听了弓江简短的汇报后,大谷缓缓地点了点头,"这倒是个很有价值的线索。六户长期没有孩子,去年老婆终于怀孕生子,他作为孩子的父亲当然会很高兴的。但是,如果他看到足以证明孩子的父亲是其他人的照片后,情况就完全不同了。"

　　"是啊,即使他是个儒雅的学校老师,也会极度气愤而发生神经错乱的。"

　　大谷道:"现在看来这种可能性极大。"

　　弓江又提出新的问题,"那么究竟是谁把那只放着照片的信封托句子交给六户老师的呢? 这是破案的关键。"

　　"你说是为什么?"大谷没有直接回答,反而倒问弓江。两人心照不宣地对视了一眼。

　　他们再次进入现场,仔细地搜查厨房和储藏柜的抽屉。

　　突然,大谷高叫一声"有了!",原来他从抽屉里找到了一本银行的存折。他一边翻着存折,一边叹息,"果然是这样。这儿是三十万,这儿是五十万,这儿是二十万,都先后被提走了。"

"也许他的夫人在胁迫下被拍了不雅的照片。"

"像这种家庭不可能有很多的积蓄,所以他们可能不想再被对方无休止地勒索下去。"

"于是,罪犯就毫不留情地把那些不雅照片托人交给六户老师。"

"罪犯太可恶了!"大谷气得满脸通红。

"绝不能宽恕,这是间接杀人!"弓江也义愤填膺。

"是的,无论如何要逮捕这个可恶的罪犯!"大谷的态度非常坚决。

由于已在大阪逮捕了那个布控追踪的小山,所以他现在能集中精力侦破这起凶案。

弓江回到正在外面等待的旬子身边,要她尽可能详细地回忆那个带着信封来的男子情况。

当然,光凭身穿大衣、戴着墨镜的外形还难以确定罪犯的特征,若能提供那人的身高、胖瘦以及气味等情况就更好了。

弓江轻轻地拍拍旬子的肩膀,安慰道:"我们一定会抓住那个罪犯的,不要担心。"

"我相信你。"旬子信赖地点点头,又问,"那个英俊的男人是谁?"

弓江知道旬子问的是大谷,"哦,他是我的上司。大谷警长。"

"他长得真帅。"旬子坦率地表达了自己的感觉。

"是吗?"弓江明知故问。她在心里默默地祈愿着大谷的母亲千万不要在这儿出现。

仓林良子来到幸福馆的前台,停住了脚步。

"今天的谈心已经结束了。"由美从谈心室里出来,事务性地回答。当她看清了来者,不由得高兴地叫了一声:"啊,原来是良子来了。"

"晚上好!"良子文静地打个招呼,"你父亲在吗?"

"他正在里面等你呢。"由美说着走进谈心室,很快又出来对良子催促道,"快请进吧!"

良子默默地走进了那间墙上贴着天鹅绒的谈心室。

崎放松地坐在椅子上,关切地问良子,"你已经完全康复了吧?"

"是。"良子恭敬地回答,然后小心翼翼地坐在沙发上,"我是来向您道谢的。"

"用不着道谢,采取实际行动的是你而不是我。"

"可是……"

"你不要再说了。为他人谋幸福是我的工作。你的情况只不过是例外中的例外。"

"我明白了。"

"你来这儿还有什么事吗?"

良子犹豫了一会儿,说道:"我觉得妈妈好像有点变了。"

"是你母亲吗?"

"最近变得特别没有精神,人也老了许多。"

"是吗?"崎突然目光锐利地看着良子,但她完全没有注意到这一变化。

"那你对我详细地说说吧。"崎交叉着细长手指,严肃地说道……

9　蒙面影子

阴沉沉的天空。

这和句子的心情十分吻合。

她的脚步越来越沉重。当然,这是心情所致,与天气的阴晴没有一点关系。

　　旬子走到幸福馆所在大楼的背后,反复地徘徊不前。那儿离地铁很近,出了地铁口只需步行几分钟就能到达。

　　旬子是想来见崎先生的。以往都由多名同学陪同前往,大家叽叽喳喳地闹个不停,但今天却孤身一人悄悄地来临。

　　如果不是单独一人,她简直没有来的勇气。

　　——是我杀了六户老师,由于我的不谨慎,造成了六户老师和他的夫人,甚至他的婴儿都在刹那间悲惨地死去。

　　想到这儿,旬子甚至萌生了寻死之念。

　　为什么六户老师会做这样的事情?学校里一定会广为流传各种议论。这些议论并不是警方公式化发表的见解,而是直言不讳地带着指向性的意见。他们会说六户老师的婴儿是别人的私生子,而且是旬子把那些作为证据的照片亲手交给六户老师的。

　　旬子觉得今天无论如何要把冤屈的心情向崎先生诉说,只要他能认真倾听,自己的心情一定会平静下来。

　　因此,她独自一人悄然来到幸福馆所在的大楼。

　　"请把这个交给六户老师!"那个奇怪的男子是这样说的,"他收到后就会明白的。拜托了!"

　　旬子脑海中久久地回响着那个人的声音,整个心都似乎处于冰冻状态,她不由得停住了脚步。

　　突然,她仿佛听到一个男子说话的声音,而且和那个奇怪男子的话音十分相似。

　　怎么会有这样的事呢?

　　旬子朝着发出声音的方向看去,只见一个男子正从幸福馆所在大楼的后门出来。

　　旬子无法断定他就是那个肇事者。因为当时所见的那个可疑的男子身穿大衣,戴着一副墨镜,根本无法看清他的真实面貌。

那个男子在旬子面前匆匆走过。身上穿着笔挺的西服，俨然一副公司职员的模样。他在来往的车辆之间穿行，迅速地过了马路。

真没想到，在这样的场所竟然遇见一个相似的男子。不管怎样，我……

此时，穿着西服的男子已经隐没在街头的人流中，远离了旬子的视线。

于是，旬子不由自主地快步赶去追踪那个男子。她过了马路，在人流中不断穿行，一直死死地盯着那个男子的背影，生怕他顷刻间再度消失。

她不停地快步奔跑，终于和那个男子相隔几米的距离。旬子如释重负地喘了口气，开始和着那个男子行走的节奏，悄悄地尾随而行。

他会去哪儿呢？

这些都顾不上了，旬子现在唯一的目的就是牢牢地盯住他。

也许，那个男子是肇事者的可能性很低，大约只有千分之一的概率。

因为世界上有相似的声音和相似的说话方式的人屡见不鲜。

但是，旬子为了补偿自己的过错，现在无论做什么都乐意，哪怕是徒劳地白忙一场。

那个穿着西服的男子迅速拐入大楼间的一条小路。旬子随即加快脚步跟进，谁知进入小路一看，那儿空荡荡的不见人影。

真是咄咄怪事！

那个男子拐进这条小路只不过几秒钟，在这样短的时间内根本不可能穿过这条小路。

不过，那个男子确确实实地消失了。旬子稍稍犹豫一下，还是快步走进这条小路。

行走不到半分钟，旬子突然停住了脚步。原以为两边都是平直的墙壁,谁知在半路上却发现右边有一处凹陷,而且竟然是一个入口。这在外面粗看起来是感觉不到的。于是,旬子赶紧低头进入那个开着半扇门的入口。

难道那个男子走进这个入口了吗?

旬子偷偷地朝门里面瞄了一眼,发现那儿空无一人,只有一条水泥通道的两边并排放着几只塑料垃圾桶。

那个男子真的进去了吗?

旬子蹑手蹑脚地进入院门里面,一股垃圾的臭味扑鼻而来。

那条通道的尽头还有一扇门,但此时紧闭着,不知里面的情况。

旬子刚前行了两三步,忽听得身后的门"吧嗒"一声关闭了。

"啊呀!"旬子惊得跳了起来。原来那个男子正藏在半扇门的后面。

"你是个女学生吧? 为什么跟踪我?"那个男子有些困惑地问道,"我发现你在后面跟踪,所以不得不在这儿暂避一下。找我有事吗?"

"这个……"旬子在昏暗的光线下看着那个男子,完全没有信心确认他是谁,所以有些愧疚地低下头,"对不起,我认错人了,还以为你是我的一个熟人。"

"是吗?"那个男人笑道,"这没什么。被女孩子跟踪不会感到难受,当然也不会很开心。"

"我知道了,实在对不起。"旬子松了一口气,"那我先走了。"

那个男子指着里面的那扇门说道:"从这扇门出去离大街很近。"

"我知道了,真的对不起!"旬子说着,转身快步向那扇门走去。

"请你等一下!"那个男子叫住了她。

旬子回头一看,顿时满脸通红。

她看到那个男子正带着墨镜对她说道:"请把这个交给六户老师!"

啊,这完全是当时的模样和声音。

那个男子发出刺耳的笑声,回荡在水泥通道上。

旬子惊慌地直奔那扇大门,但是大门紧闭着无法打开。她不得不拼命地敲门呼救:"有人吗? 快开门! 救救我!"

"你再叫也没用!"那个男子放肆地哈哈大笑。

旬子回头一看,那个男子已经来到了眼前。他轻松地说道:"这是个仓库的门,仓库的对面才有人,你再怎样闹也没有人听见。"

那个男子说着,对旬子慢慢地伸出两只手来……

"不要碰我……求求你……"

旬子感到全身僵硬,连手都举不起来,只得背靠着那扇门拼命挣扎,试图让那个男子尽快离开自己。

"怪只怪你的运气不好!"

那个男子发出可怕的笑声,两只大手紧紧地掐住了旬子的颈部……

"这是从照片灰中还原的模糊图像。"弓江说着,把那张还原放大的照片放在大谷面前。

"是这张照片吗?"大谷拿起照片,在靠近办公桌的台灯下仔细地辨认着,"从轮廓上看是一对男女。唔,他俩正躺在床上互相搂抱着做爱。"

"那个女人一定是那个六户老师的妻子。"弓江猜测道。

"那个男子是谁呢?"大谷目不转睛地注视着,"他的脸部太模糊,实在看不清。"

"是啊,我也看了好长时间,没看清。"弓江说道,"幸好照片的左边还留下一小块,我叫技术专家特地把它放大了。"

这一小块是原来照片的一角,是烧剩下的三角形残片。

"这个黑色的是什么呀?"大谷拿着放大镜仔细地观察,突然若有所悟,"我想起来了,这个黑色的部分应该是床对面的椅背上挂着的上衣。"

"是上衣吗？嗯,果然是件上衣。"

大谷继续看着那微小的黑色部分,叫了一声:"香月!"

"怎么啦？警长!"

"你看看这儿!"大谷把放大镜交给弓江,"你看看上衣的这一点,应该是上衣的内侧。"

"唔,好像有点色差。"

"你看到那上面的白点没有?"

"看到了……有好几个白点,好像是连在一起的。"

"在上衣的内侧,这一部分通常是……"

"通常是缝上自己姓名的名牌。"弓江说着,两眼闪现出惊喜的光泽。

大谷命令道:"你去请专家用电脑进一步解析这个部分,也许就能知道那个男子的姓名。"

"好的。"弓江立刻拿着照片准备离开办公室。

这时,大谷的办公桌上骤然响起电话铃声。

弓江急忙拿起电话,"这里是搜查一课……哎?! 这个女学生……"

弓江脸色苍白地挂上了电话。

"你怎么啦?"大谷惊疑地问道。

"我们马上走!"弓江顺手撂下电话筒,"警长,你还记得那个把信封交给六户老师的女学生吗?"

"当然记得,是你认识的那个女学生。"

弓江闭上眼睛痛苦地叹息,"有人发现了她的遗体,据说是自杀的……

断裂的绳索随风飘荡着。

"下午有俱乐部的活动……"一个两眼红肿的女生说道,"我们结束了芭蕾舞练习,正在运送练习器材的时候,突然飞来一只皮球,我们就去追那只皮球。谁知刚拐过教学楼,就看到那树上……"那个女生哽咽着说不下去,眼睛里不断涌出大颗大颗的泪珠。

弓江一言不发,痛苦地仰望着那棵大树。

旬子上吊的绳索被闻讯赶来的老师用美工刀割断了。当然,救护车赶到学校时已经来不及了。

"真是太悲惨了!"大谷叹道。

"我深感自己负有重大责任。"弓江的话语中充满着内疚。

这时,一阵冷风吹来,留在树枝上的半截绳索随风飘荡,越发惊悚。树枝下面有一把倒地的椅子,显然是旬子把它当作上吊时的垫脚物。

旬子的尸体横躺在地上,外面盖着一层白布。大谷问:"已通知她的家人了吗?"

弓江答:"通知了,他们正向学校赶来。"

这时,有两个女生怯生生地走来。弓江忙迎上去,"原来是你们俩呀,旬子实在太可怜了。我能问你们几个问题吗?"

两人默默地点了点头,她们都哭得两眼通红。

"今天旬子来上学了吗?"

"没有……"其中的一个女生颤声回答,"我昨天看到她非常痛苦的样子,心想她最好还是多休息几天,没想到……"

"是啊,没想到她会死,真是太意外了。"弓江冷静地说道。她知道在这种时候不能外露自己悲愤的情绪。

另一个女生补充道:"不知为什么,旬子没有去那儿。"

"她要去哪儿?"弓江倏地心中一动。

"旬子原来说好今天去幸福馆的。"

"去崎先生的那个地方吗？"

"旬子说如果把心中的烦恼向崎先生倾诉了,自己就会慢慢地快乐起来,我们也劝她赶快去见崎先生。"

弓江又问:"我知道你们都很难过,不过还想请你们帮个忙,能否看看旬子穿的衣服和她的随身物品？"

两个女生互相对视了一眼,缓缓地点了点头。

于是,她们跟着弓江来到被白布盖着的旬子尸体旁边。

弓江问道:"看到旬子穿着这身衣服,你们是怎么想的？"

"这大概是她出门时穿的衣服吧？"

"是去幸福馆吗？"

"也许吧……"

"哎？她有没有带卡片去呀？"另一个女生突然问道。

"是啊,请你查一下她的上衣内口袋里是否放着卡片？"那一个女生也感到这事很重要。

"什么卡片？"弓江有些摸不着头脑。

"如果你第一次去幸福馆谈心,幸福馆就会为你制作一张卡片。第二次去时你必须带着这张卡片向前台出示。前台把卡片插入电脑就能知道你上次的谈心内容,明白你的来意。"

弓江迅速翻开旬子的内口袋,找到一只小巧的票夹,从里面发现了一张卡片。

那个女生道:"果然如此！旬子是打算去那儿的。"

弓江还有怀疑:"她会不会一直把那张卡片放在票夹里？"

"不会的。我们学校经常要检查学生的随身物品,一旦查出那张卡片就会引起很大的麻烦,所以旬子只有去幸福馆时才会带上那张卡片。"

那个女生说得很肯定,似乎不容置疑。

如此说来,出现了一个矛盾之处:旬子离家是准备去幸福馆的,但她却出乎意料地来学校自杀。这到底是怎么回事呢？弓江苦苦思索着找不出答案，她决定待旬子家人来后再问问他们是否有旬子的遗书。

如果旬子不是自杀又会是怎样的情况呢？

弓江捡起掉在地上的绳索圈，又把倒下的椅子扶起来，然后自己站在那把椅子上，试着把绳索圈举到自己脖颈的高度。

"你在干什么？"大谷在下面看着弓江的举动，好奇地问道。

"请你仔细看看！"弓江突然兴奋地说道。

弓江把那根切断的绳索拉直，从树枝到下垂的低端还不到十七厘米。

于是，她做出了自己的判断："旬子的身高和我差不多，她就是站在椅子上也够不到那条绳索的高度。

"你说得不错，她就是踮着脚走也够不上。"大谷表示赞同，"这确实有点不自然。"

弓江从椅子上下来，仔细地看了看旬子的鞋底，又有了新的发现，"警长，你再看看她的鞋底！鞋底很干净，没有一点污泥。如果是她自己走来的话，一定会通过洒满落叶的泥地。但是鞋底上没有沾上一片落叶，这怎么可能呢？"

"唔，香月，你说的这个迹象很有价值。"大谷再次表示肯定。

弓江越发有了信心，"所以我们要细心认真地勘验旬子的尸体。

大谷深有感触地说道："看来这是一起伪造自杀现场的杀人事件。"

弓江进一步提出自己的看法："我认为罪犯多半是那个委托旬子把信封交给六户老师的可疑男子。除此之外，其他人没有杀害旬子的理由。"

大谷仔细地俯视着旬子的尸体，愤怒地吼道："我们必须尽快把那个罪犯抓捕归案！"说着，他又用白布盖上了旬子的尸体。

弓江轻轻地自语着:"如果找到了那个罪犯,我绝饶不了他……"

10　派对

如果真是妈妈一个人来,她会怎么样呢?

仓林良子老是静不下来。其实,此时也无需她显示优雅的娴静。在这种派对上,只要能吹会侃就行。良子今天参加的是妈妈的行业举行的派对。大酒店的宴会厅虽然非常宽敞,但由于参加的宾客众多,还是显得有些闷热。

不仅如此,宴会厅里的几百名宾客几乎都是清一色的男子,良子一个都不认识,只得独自埋头吃菜。虽然宴会的料理制作精美,但是大部分宾客光顾着喝酒,不大动菜,席面上自始至终摆满了各式的佳肴。

良子的母亲仓林文代刚才已经拿着酒杯在全场兜了一圈。也许是出于工作上的应酬,但在良子的眼中,妈妈的这种举动显得很不自然。如果妈妈不强颜欢笑,依然保持忧郁的状态,已经康复的良子也许会更高兴,她觉得在这种场合插科打诨真是太掉价了。

妈妈平时并不嗜酒,今天显然喝多了。良子几次想对妈妈说:"不要再喝了!"

但她每次都白白地错过了机会。

"嗨!"猛然身后响起一个女声,"你就是良子吗?"

良子回头一看,面前站着一个亭亭玉立的美少女,一时认不出她是谁。终于,她醒悟过来,惊喜地大叫:"啊,由美,真的是你吗?"

那个美少女确实是崎的女儿由美,她穿着一身华丽的晚礼服,突现出光彩夺目的迷人气质。

"你真漂亮!"良子由衷地赞道。

"谢谢!"由子微笑着问道,"你是一个人来的吗?"

"不,我和妈妈一起来的,妈妈已经喝醉了。"

"是吗?派对的气氛热烈难免都会这样的。不过你妈妈是大人,不必过于担心。"

听由美这么一说,良子似乎松了一口气,又问:"由美,你和谁一起参加这个派对的?"

由美没有直接回答,只是说,"爸爸马上会来这儿的。"

"我能在这儿见到崎先生吗?"

"爸爸的交际很广,到处都有他的亲朋好友。"

"是啊,崎先生的人缘真好。"

这时,一个穿着齐整的三件套西服的男子向她们走来,他一见由美就不满地嚷道:"你怎么在这儿呀?我到处在找你。"

由美对良子盈盈一笑,"来,我给你们介绍一下,这位是仓林良子小姐。这位是陪同我前来的江田先生。"

"很高兴见到您!"良子羞涩地低头施礼。

"良子小姐好年轻啊,只有十六岁吧?"

"不,我已经十七岁了。"

"你给我住嘴!"由美不满地斜视着江田,"怎么一见年轻的小姑娘就这么有兴趣?"

"我不是这个意思。她今年十七岁,不正是花季少女吗?这是人生中最好的年龄。"

"那我今年十九岁又怎么说呢?"

"这个嘛……对我来说当然是最好的妙龄少女。"

"你还是想好了再说吧。"由美扑哧一声笑道,接着,又对良子说,"良子,你想吃什么,我帮你去拿。"

"不,不,我已经吃了很多了。"良子慌忙推辞。

尽管如此,江田还是快步走向料理台,灵巧地挤入取菜的人群中去。

"他真是个好人。"良子由衷地赞道。

"他呀,整天忙忙碌碌的,难得见面几次。"由美耸耸肩,装模作样地嗔道。

"你们俩是恋人吧?"良子一出此言,自己倒羞红了脸。

"还没到那个程度,"由美笑道,"如果你有兴趣,就转让给你好了。"

"这怎么可以……"良子也大声地笑起来,她的心情似乎好了许多。

"菜来啰!"江田拿着几大盘料理,兴冲冲地走过来。

"谢谢!"良子客气地说道。其实,她心里很为难,刚才确实已经吃饱了,但江田又特意拿来这么多佳肴,不吃就太不礼貌了。

这时,听得哔的一声响。江田不满地皱起眉头,"寻呼机又响了,我就像一只被绳子牵着的狗一样,没有半点自由。"他一边叹气,一边摇头,对两位小姐致歉道,"不好意思,我得马上回去。"

由美撅起小嘴,"反正你总是有理,又有什么'紧急任务'了。"

"不,我今天把什么事都推掉了。谁知会有什么事。"江田说着,急急地离开了宴会大厅。

"他总是这样的。"由美不自然地笑道,"我们约会的时候,他也常常会说'我有事要走开一下'。对他来说,公司的工作总是第一位的。"

良子道:"看来他确实很忙啊。"

由美说:"你这么说我很高兴,我真觉得他和爸爸的脾气十分相似。"

她一口干了杯中的饮料,顺手把杯子交给路过的服务员,又问:"良子,你吃饱了吗?"

"唔,早就吃不下了。"

"要不要到外面走走透透气?这里是大叔们待的地方,腻透了。"

"不过……"

"你妈妈没有问题的,现在让她一人在这儿也许反而更好。"

这时,良子听到了妈妈的笑声。回头一看,妈妈正和三四个男人热闹地哄笑着,她发现妈妈完全没有平时见惯的表情,似乎变成了一个陌生人。

"……我没问题……"良子期期艾艾地说道,"不过……要是江田来找你该怎么办呢?"

"不要管他,反正他已经消失了。"

由美的话音刚落,没想到江田又匆匆地返回来,"由美,刚才总社突然收到一份传真……"

"你得立即赶回总社是不是?"

"是啊……实在抱歉!"江田低头致歉。

"没关系,这种事又不是没有发生过。"由美讽刺道,"光白天就发生了三次。"

"我知道。那我现在走了,待会儿再打电话给你。"江田说着急急忙忙地离开了现场。

由美对良子说道:"走吧,出去转转。"

"那我去和妈妈说一声。"良子说完就朝妈妈的方向走去。

"妈妈,妈妈!"良子一边轻轻地叫着,一边拍拍妈妈的肩膀。文代终于转过脸来怔怔地看着女儿。

文代醉了。她过去也醉过,但从没有像今天这样的大醉。

此时此刻,文代还是很清楚自己在干什么,这是她早有预谋的行为,只是现在有些恍惚,听不清女儿说什么话后离开了自己。

她大概碰到了熟人……难道良子的朋友也来参加这样的派对吗?

她和另外一个人去了什么地方? ……对了,她刚才就是这么说的。我不是思路很清楚吗? 根本没醉。

良子就是良子。对一个十七岁的少女来说,来到这个臭男人扎堆的地方一定很不舒服吧?

我也是这样。文代进而这样想着,我也不喜欢参加这样的派对。一来到这个乱哄哄的让人头脑发昏的地方,也许就会忘乎所以了。

但是,我能忘记吗?

不,再怎么烂醉也不会忘记。

虽然自己也想忘记,就是忘记不了。只有当什么都不想的时候,才会在不知不觉间暂且忘却。

文代一人孤独地用手扶着桌沿,她已感到处于大醉的状态,这种朦胧的醉意来势凶猛。此时,她闭上眼睛,只感到天旋地转,身后好像有很多人在议论什么。

她现在已经不能随心所欲地迈开脚步,虽然想去靠墙的一排椅子小坐,脚就是不听使唤,明明要笔直地向前走,但整个身体却摇摇晃晃地东倒西歪。

“你没事吧?”文代似乎感到有人握住她的手腕关切地问道。

多么亲切的声音,是哪儿来的好男人?

“仓林君,你已经醉了!”

听到对方直呼自己的名字,文代不由得睁开眼睛。

那是个二十七八岁的小伙子,也许三十岁出头,总之要比自己年轻。

那人齐整地穿着三件套的西服,俨然是一个青年绅士,他怎么会知道我的名字呢?

文代有些疑惑地问道:“对不起,你是……”

“看来你忘了,我们以前曾因工作关系见过一次面。我叫江田。”

“江田君……啊,对了,是叫江田君,你在这时候帮我一把,真是太感谢了。”

嘴里虽然这么说着,心里还在嘀咕,这个有点傻气的美男子究竟是谁?

"你要在这儿坐一会儿吗?"江田把文代带到那排椅子边上,殷勤地问道,"你醉了,要不要扶你一下?"

"不,谢谢你的好意。"

文代感到整个身子发软,坐下椅子后,再也站不起来。

"你一定很疲劳吧,是不是想回去?"江田依然关切地问道。

"嗯……但我的女儿……"

说到这儿,文代突然想起良子上哪儿去了,于是无奈地谢道:"多谢你的好意,我就在这儿休息一下好了。"

"如果方便的话,我开车直接送你回家。"

"不,不用了。"

"没关系,我反正现在就要离开这儿,而且我也知道你家就在S区。"

文代听了不由得一惊:这个人怎么连我家的地址都知道?我到底在什么地方见过他?

"走吧,走吧,我这就开车送你回去!"江田不停地催促道。

"那就麻烦你了……"文代禁不住对方的好意相助,终于松了口。

于是,江田搀扶着文代朝门外走去。

"呀,你不是仓林君吗?"

刚走了几步,忽听得有人在招呼她。

文代抬头一看,一下子认出了对方。那人是常有业务来往的一家公司的社长。

"经常承蒙您的关照,非常感谢!"文代微微欠身谢道。

"你现在就回去吗?"

"是,我有点喝多了。"文代强作笑颜回答。

"你怎么可以这么早就走呢?我知道你喝酒向来很爽快,要不要再喝一杯?"

"不行了,我真的不行了……"文代慌乱地婉拒道。

文代是个独立的职场女性,平时为了业务不得不违心地参与各种应酬,所以她今天拒绝一家客户社长的盛情,心中深感不安。

"对不起!"江田冷冷地对那个社长说道。

"你是谁?"那个社长不满地皱起眉头。

"我是仓林女士的陪伴。"

"陪……伴?"

"仓林女士已经很疲劳了,我这就送她回去,您说可以吗?"江田软中带硬地说道。

那个社长瞬间露出不快的神情。

江田很得体地解释道:"我想您一定知道这个派对的规矩吧,让一个喝醉酒的女人待在这儿是与派对的气氛不相符的。"

"唔,是这样的。"那个社长讪讪地说道。

"我知道您是个明白人,从您一身名牌的西装、领带来看,您肯定是特别精干的老板。"

"是吗?唉,穿着这身西服还真辛苦哪。"

"仓林女士明天还有很多工作做,要是她清醒的话,是绝不允许自己这样失态的。"

"唔,确实如此,我也很佩服仓林君这一点。"

"那我就送仓林女士回家了。"

"好吧,那就拜托你了。"那个社长显出大度的样子,轻轻地拍了拍文代的肩膀,"好好休息,做好明天的工作。"说着,他径直走入喧闹的人群里。"

"快走吧!"江田催促道,"要是再被那个人纠缠就麻烦了。"

"好的……多谢你了。"

"不要这么拘礼!"江田紧紧地握住文代的手腕一同走到大门口,"你站在这儿等我把车开来,让外面的风吹一下,也许会好受一点。"

嗬,这个小伙子说的确实有道理。

文代站在大门口宽广的台阶上候车,被冷风一吹,原先灼热的脸颊渐渐冷却下来。她此时还是不清楚那个身材修长的美男子究竟是谁。

这个小伙子真不错,不仅三言两语就巧妙地打发了那个难缠的社长,而且还使那个老家伙屁颠屁颠地乐意接受。一般人是绝不会有这种本事的。

江田……我究竟在什么时候,因工作关系和他见过面?文代无论如何都想不起来。

这时,一辆红色的高级进口轿车停在文代的面前,江田顺手打开了助手席旁的车门。

"谢谢!"文代说着一头钻进了轿车。

她实在没有拒绝的勇气。前面不远处就是出租车候车点,那儿已经排着长长的队伍,如果自己也在那儿排队候车,在酒醉中长时间受到冷风侵袭,回家后一定会得重感冒的。

"你把椅背往后调一下,这样坐起来舒服。"文代轻轻地说道。

江田顺从地向后调整了椅背,"你觉得怎么样?"

"嗯,这样正好。"

"那我们走吧!"江田轻快地驱车而行。

江田这个人究竟是谁?回去把名片夹拿出来再仔细找找,没准他的名片就在名片夹里。

是的,现在必须回去,也许良子已经回家了。

良子……刚才到底去了什么地方?她临走时好像对我说过什么?唉,记不清了……

文代突然睁开了眼睛,挣扎要站起身来,"对不起,我刚才睡着了。"

她解开系在身上的安全带,发现车子已经停在自家公寓的门前。

"醒啦?"江田微笑道,"你刚才睡得很香,现在起来有点冷吧?"

"对不起……"

文代看了一眼车内仪表板上的时钟,有些慌乱地问道,"我们什么时候到这儿的?"

"大概是半个小时之前吧。"江田认真地回答。

其实,停车的时间还要早得多。江田一直耐心地等待着文代醒来。

"你好些了吗?"江田说着出去打开了副驾驶席的车门。

但是,文代并没有起身下车的意思。

"你怎么啦?"江田在外面窥视着车内的文代。

文代探出头来,冷不防热吻着江田。

"仓林女士……"

"拜托了,"仓林气喘吁吁地说道,"随便带我去什么地方都行……"

"可是……"

"我就喜欢你这样的好心人,今天……"

江田默默地关上副驾驶席的车门,又回到司机座上。

当车子再次启动的时候,文代的心中已经没有了任何的犹豫……

11 暗示

提着购物袋的江藤俱子刚走上台阶,突然停住了脚步。

"喂!"弓江轻轻地叫道。

"弓江,你怎么也上这儿来了?"俱子感到十分意外。

"我想看看你呀。"弓江笑道,"你出去购物了? 买了好多呀。"

"是啊……"

"如果你现在感到不方便,我改日再来。"

弓江没有说"回去",而是说"改日再来",俱子注意到了这个微妙的差别。于是赶紧说道:"来都来了,怎么可以马上走呢? 只是我家里太乱了,你稍等一下好吗?"

"没问题,我就在这儿等你。"

"那好吧。"俱子说着立刻打开自家的房门,走了进去。

弓江背靠着走廊的墙壁静静地等待着。

五分钟后,俱子打开了房门,对弓江说道:"进来吧!"

弓江走进房间,坐在沙发上。

俱子赶紧端上红茶。

弓江笑道:"你的房间确实很乱,还没整理好。说说,你有没有重新整理了不让我看到的东西?"

俱子看着弓江,突然脸色一变,"为什么要到这儿来? 你应该不知道我住在这儿。"

"我是刑事警察。"

"弓江……你是作为刑事警察来我家的吗?"

"我既是刑事警察,又是你的朋友,两种身份都有。"

"我实在不明白你说这话的意思。"

弓江轻轻地叹了口气,"我去了你原先工作过的公司,从你上司那儿听到了有关你的事。那时正是午休的时候,所以又问了几位办公室的小姐,听到两种完全不同的说法。"

"你还做了什么?"

"我只是听她们说而已,说的都是有关那个山仲部长的事。"

俱子紧绷着脸,"那和你有什么关系?"

"这个问题暂且不谈。我知道你一直是个处事很认真的人,不会对山仲有好感的。"

"我已经和他分手了。"

"我也听说了。他派人给你送来一张支票,你当即撕碎了扔在地上。"

俱子瞪大眼睛,感慨地说道:"流言真是可怕,丁点大的小事也逃不过他们的眼睛。"

弓江把茶杯放在茶几上,正色地说道:"俱子,忘了那个山仲吧,即使你现在恨他,对你也是一种伤害。"

俱子像只泄了气的皮球,无力地笑道:"我真不敢相信,弓江已经完全是个职业警察了。"

"说得没错。不过,逮捕杀人犯是搜查一课的工作。"

"你这话是什么意思?"

"我不想来逮捕你。"弓江直截了当地说道。

俱子死死地盯着弓江,"是不是山仲向警方控告了我?"

"不是。"

"那你为什么要特意到我这儿来呢?"

"俱子,你有没有去过幸福馆?"

俱子似乎松了口气。她不想隐瞒什么,只是故作镇静地反问:"我去了又怎样?"

"我想请你说说诅咒山仲的方法。"

俱子放声大笑,"我说弓江,你这个当刑警的怎么也相信咒语?"

"我当然不相信。"弓江摇摇头,"如果你用这种方法诅咒山仲,也许感到很解恨,因为即使咒杀了山仲在法律上也没有罪。遗憾的是我不是相信咒语,而是在为你担心。"

弓江靠近俱子的身边恳切地说道:"如果山仲真的死了,而且被判定是他杀的话,你俱子也许就有重大的杀人嫌疑。"

这时,弓江突然一阵头晕,不由得伸手扶住了前面桌子的边沿。

"俱子……"弓江叫了一声,只感到两只脚在不住地颤抖。

"地震了,快逃,赶快逃吧!"

弓江想喊又喊不出,眼前一片黑暗,就像屋内忽然拉上了厚重的窗帘。她终于颓然地昏倒在地板上。

俱子战战兢兢地来到昏迷不醒的弓江旁边,一边偷偷窥视着弓江的样子,一边轻轻地叫唤,"弓江……你不要紧吧?!"

突然,她抬头朝里屋说道:"好像药效起作用了。"

崎从里屋走出来。

"老师,弓江现在就像死了一样。"

崎翻转弓江身体,让她仰面朝天。他仔细地观察一会儿,断言道:"她没有死,只是深度睡眠。"

"那就不要紧了。"俱子终于松了一口气。

"不用担心。现在你到外面去一下。"

"哎?!"

"我要给她某种暗示,使她彻底忘了为什么而来,这是最重要的。你说对吗?"

"嗯,是的。我这就去外面。"

崎又说道:"这个花不了多长时间,十分钟过后就可以回来。"

"好的。"

"我已经仔细调查过了,她确实是个很能干的刑事警官。"

"弓江真的不要紧吧?她可是我的好朋友。"

"不用担心。为了满足你的愿望,我要让这个女警官消失她的记忆,明白吗?"

崎的话语颇具说服力。

"我明白了。"俱子说着走出了房门。

当崎听到俱子的足音渐渐远去的时候,一把拉开了弓江的内衣。

"你给我好好听着……"他用手捂住弓江赤裸的胸脯,沉声说道:"绝不能忘记现在对你说的话!"

弓江的呼吸有些急促起来,并且轻轻地左右摇头。

"我说的话你听到了吗?"

弓江的头在微微地上下晃动着。

"……这样就好……"崎的脸上露出诡异的笑容,他那充满磁性的声音在弓江的耳边静静地流淌着,宛如在无意识中听到的一首乐曲:"准备好了吧? 你从现在开始要恨那个人……"

"这是干什么?!"

大谷走进自己的房间,不禁大吃一惊。

他看见弓江正躺在沙发上睡觉。

她是什么时候进来的? 真是奇怪!

大谷摇晃着弓江的身体,轻轻地叫唤:"香月! 香月!"

弓江睁开眼睛,疑惑地看着大谷,"警长……"

"你怎么啦? 脸色这么难看。"

弓江慢慢地站起身,低头对着镜子察看自己的脸色。

"你感到头痛吗?"

"没有,只是有点怪怪的感觉。不知道为什么,头脑中总是响着一种声音。"

"什么声音?"

"没什么。现在已经好了,实在对不起。"弓江叹了口气,又疑惑地问道,"这是你的房间,我怎么会到这儿来呢?"

"不要再说了,难道你没有察觉到自己很疲劳吗?"

"对不起,我大概是不知不觉地来到这儿的。但我怎么能随便进来呢?"

"你的口袋里有我房间的钥匙,难道这也忘了?"大谷关切地问道,"你能起来走动吗?"

"能行。如果你想接吻的话,你好好地吻吻我吧。"

大谷笑着一把按住弓江接吻。

两个人的嘴唇火热地黏合在一起。

这时,他们突然感到有人在一旁窥视,当即慌乱地闪开了身体。

"妈妈!"大谷不满地叫道,"你一直在偷偷地看着我们。"

"那当然。我不小心妨碍了你们这对恋人了。"

"伯母,实在对不起!"弓江急忙赔不是。

"用不着。我反正已经是这个家的妨碍者,你是不想见到我对吧?"

"我没有这个意思……"

"妈妈,香月太累了,她已经好几个星期没有休假了。"

"你总是袒护弓江,想想当年我一个人是怎么把你抚养大的……"

"伯母,是我不好,对不起!"弓江再次表示歉意。

"好了,不要再说了。你们晚饭也不要到外面去吃了,让人家见了到处传言多不好。"

"没有那回事……"

"就在家里吃饭吧,放心好了,我不会在饭菜里放入毒药的。"

弓江听了猛然一惊,她自己也不明白为什么听到这句话会如此悸动。

大谷母亲就是这样的刀子嘴、豆腐心,最后总让弓江产生一种温暖的感觉。

大谷母亲又直率地问弓江,"你今天去了什么地方,身体不舒服啦?"

"是啊,"弓江羞怯地回答,"去了什么地方一时想不起来了,这种事从来没碰到过。"

"好了,不必太在意。"大谷亲热地按住弓江的肩膀,"你太累了,要好好休息一下。"

"不,没关系,案子没办完我还不能休息。"弓江挺了挺身子,问道,"警长,旬子的死因查清了吗?"

"嗯……"大谷的脸色凝重起来,"现已查明,她在上吊之前已经被人杀害了。"

"果然是这样。"弓江自信地点点头,"我们无论如何要找到那个罪犯!"

"你说得对!不过我命令你现在必须休假一天。"

"警长……"

"这是命令,你什么都不要想,就在家舒舒服服待一天!"

听了大谷这番话,弓江的心中漾起融融的暖意,"是,警长!"

但是,不知为什么,弓江还是像饮入一杯梗喉的苦酒,有一种难以言喻的隐痛……

"是吗?对不起,那好吧!"

良子挂上电话,叹息着坐在沙发上。

"妈妈到底去哪儿了呢?"

母亲仓林文代自昨晚参加那场派对后至今没有回家。

良子昨天也很晚才回家。由美带着她先去了实行"会员制"的高级沙龙,然后又去迪斯科舞厅尽情地宣泄,玩得非常开心。对良子而言,这是相违已久的享受了。

由美察觉到良子去各处的生疏感,回去时特意开车把她送回所住的公寓。

已近午夜两点,良子小心翼翼地进了家门,那时才发现妈妈还没有回家。

良子松了一口气,心想自己必须尽快在妈妈回来之前睡觉。于是赶紧洗好澡,一头钻进被窝里……

今天是星期天。

良子昏昏沉沉地睡到中午。当她睁开眼睛,意外地发现妈妈依然不在家,当她最后断定妈妈昨晚没有回来时,不由得担心起来。

妈妈一人单独工作,平时也经常很晚回家,但是她从没有在外面过夜。

良子想起妈妈昨晚在派对中大醉的情景,一种不安的思绪陡然而生:她会不会在回家的半路上发生什么意外的事故?

于是,良子赶紧向妈妈的熟人和自己熟悉的朋友打电话询问,他们都说不知道文代的下落。

这到底是怎么回事? 就在良子心急如焚的时刻,突然听到一阵汽车的声响。从声响判断,似乎有一辆车正停靠在公寓的大门口。

良子赶紧奔到窗口,拉开窗帘,朝下望去。

公寓的大门口停着一辆红色的高级进口轿车。这时,轿车的助手席车门开了,从车内走下了仓林文代。

良子惊愕地看着这幕情景。

虽然从楼上看不到轿车司机,但从那只伸出车窗外的手臂来看,良子判断那人肯定是个男性。

那辆轿车绝尘而去,文代站在原地目送着驶离的车影。

"果然是妈妈!"

文代走进了公寓,良子急忙走到房门口。

就在文代乘电梯上楼快要到家的时候,良子突然打开了房门。

"哦,你已经起床了。"文代的手还在坤包里掏着钥匙,见此情状,深感意外,"我以为你在睡觉,还准备按门铃呢。"

"您回来了!"良子恭敬地问候道。

文代的脸上露出罕见的神采,"昨晚什么时候回家的?"

"回来有点晚。"

当文代进入小客厅时,跟在后面良子叫了一声:"妈妈!"

"良子！"文代脱下外衣，轻松地坐在沙发上，"对不起，昨晚没回家，让你担心了？"

"嗯。"

"我在昨晚的派对上遇见了一位难得的好朋友……"

"好了，妈妈你不要再说了。"

"良子！"文代有些生气地看着女儿，"妈妈感到寂寞，也有想和朋友一起开心的时候。"

"那我陪你就不行吗？"良子笑着调侃道。

"良子！"文代如释重负地反问，"你没生气吧？"

"我是妈妈的女儿，不是妈妈的情人。"良子有些无所谓地回答，"不过，妈妈今天真好看。"

"真的？"文代一时羞红了脸，"难道妈妈平时都很难看吗？"

良子终于忍不住和妈妈一起放声大笑。

其实，良子对于妈妈在外面和一个男子过夜还是抱着复杂的情绪，但想到她一直在职场上单打独斗地拼搏，还是理解了妈妈的苦衷，而且好久没见到妈妈这样神采飞扬了。

是啊，我是我，妈妈是妈妈，我们在这个范围内互不干涉多好。

"妈妈！"

"什么事？"

"从现状来看，你肯定和他过夜了，而且以后还会保持联系。这可是中年人的不良行为啊。"良子故作严肃地说道。

"是吗？"文代嬉笑着斜了良子一眼。

12　奇怪的声音

山仲推开了空无一人的会议室的门扉，对跟在身后的武田秘书命令道："你把那些文件全部摊在桌子上。"

"好的。"武田说着,在山仲关门之前走进了会议室。照理说,为部长开关会议室的门扉是武田的本分,但他现在两手紧抱着一大堆文件,实在无法再履行这项服务。

武田问："您就坐在靠窗的座位上吗?"

"唔,我就坐在能看到门的位置,待会儿你叫人给我送一杯咖啡来。"

"明白。"

武田把手上抱着的大堆文件按照编号整齐地排放在狭长的会议桌上,小心翼翼地问道："部长,这样放可以吗?"

"行了,你快去吧。"山仲有些不耐烦地回答。

武田一边擦汗,一边快步走出了会议室。

山仲站在窗台边,若有所思地向外眺望着。

今天的天气不佳,铅灰色的天空令人感到心情压抑,而且外面还很冷。

今天该怎样度过呢?已和俱子约定一起用晚餐,还是尽快结束这儿的工作,提前下班为好。要么先去那个女人的公寓里和她谈谈,行不行呢?

虽然偶尔娱兴解闷十分方便,但山仲对那个女人已经腻了。说到底她没有俱子那种独特的魅力。

扔就扔了吧,反正这种女人随手可得。山仲露出一丝苦笑。俱子真是个好女人,就是在两人分手的时候也没给自己添麻烦。

是啊,现在只剩下那只领带夹聊作纪念了。

对现在的这个女人该怎么说呢……她多半会在分手时提出赔偿金的要求吧?

山仲想想也感到心情沉重,因为他也知道那个女人绝不是个坏女人。

山仲看着排放在会议桌上的那些文件，虽然感到十分厌腻，又不得不硬着头皮粗粗地览阅一遍。

这是他作为部长每月必须做的例行公事。

下午的工作太多了，要把这些文件全部看完时间很紧，那个女人可以帮我解除工作上的压力……

想到此，山仲拿起会议室的电话，准备按下那个女人的电话号码。这时，电话里突然传来一阵咏咏的笑声。

这是怎么回事？是谁在用这个电话？现在的电话应该不会发生混线的情况。

"你在想什么？是考虑个人的事吗？"一个女声问道。

"哎，你没看见我在照镜子吗？"又是一阵瘆人的笑声。

听起来似乎是女同事之间的谈话。对，完全有这种可能。但是，现在正是上班的时候，如果使用公司的电话通话，很难分辨出是谁的声音，必须仔细地倾听才行。

"最近嘛……"声音突然变小，完全听不清楚。

一个女声又起，"是啊，你说的部长，是不是我上次见过的那位？"

"就是，就是，他已经不可能再高升了。"

部长？山仲猛地心中一惊。当然，部长多的是，未必在说我。

"他本人并不这样想，反而自信满满，觉得自己这么年轻就当上部长，一定前途无量。"

"唔，是有这种类型的男人，认为天下的女人都会看中自己。"

"那倒不是他有意爱摆谱，但总喜欢穿高级品牌的西服。"

一声浅笑，"是阿玛尼吧？也许他认为很合身哪。"

山仲的脸色铁青。

年轻的部长、自信满满、阿玛尼品牌的西服……

难道她们是在谈论我？还有其他的部长也是这样的吗？山仲苦

苦思索着，一时找不出答案。

谈话还在继续。

"那个人也真可怜。"

"你说的是江藤吗？她也真是的，靠着部长的关照，还把自己的人生搞得一团糟。"

她们果然在说我。混蛋！到底是谁在背后说我坏话？

这时，门外传来轻微的敲门声，山仲啪地一下挂上了电话。

一个女职员端着一杯咖啡走进会议室。

"谢谢！就放在这儿吧。哦，放那儿也可以。"

女职员走后，山仲再一次拿起电话，但没有那么幸运，话筒里传来的只是平时听惯的嘟嘟的信号声。

山仲失望地咂了咂嘴，他已经没有兴致再给那个女人打电话了。

于是，他喝完了咖啡，坐在会议桌顶端的椅子上开始览阅那些文件。

打开文件后，虽然努力使自己集中思想，就是提不起精神，他知道这是那个奇怪电话所造成的后果。

江藤俱子很可怜吗？不，是她自愿和我分手的。

好了，那些想说别人坏话的家伙就让她去说吧。她们对我大泼脏水，完全是出于妒忌，不必计较，我是个成功的典范。

山仲竭力使自己平静下来安心看文件，虽然有些困难，但必须看下去。不过，就在他拼命努力的时候，一些杂念又不断地进入头脑。

山仲告诫自己必须冷静应对。看文件虽然很枯燥，但只要把它想成是件有趣的事，一定会加快览阅的速度。

下午要看的文件实在太多了，他一心想尽快完成这项乏味的工作。

好容易才松了口气，山仲站起身来，舒服地伸了个懒腰。

不能这样停顿，必须一口气把文件看完。如果静下心来，工作的效率还会提高。

想到此,山仲再次埋头览阅文件。

这时,从隔壁的会议室里传来一阵响亮的笑声。

这是怎么回事? 山仲的心中猛地一惊,他很想看到那些说笑的人,但是隔着一道墙壁,根本无法如愿,也许说笑者就是那几个公司的女职员。不管山仲如何忍耐,那些杂乱的笑声还是不断地进入他的耳中。

她们在干什么? 竟敢在工作时间待在会议室里无忌地说笑,就像在旅途中聊天那样随便。

真是令人恼火的麻烦事!

由于是其他部门的女职员,山仲无法去直接批评,他只得竭力使自己平静下来,但是隔壁持续的笑声已打乱了他工作的心思。

只要稍加留神,那些笑声就直接地刺激着自己的耳膜。山仲终于忍不住站起身来,决心去隔壁会议室制止那些女职员的放肆行为。

这时,门外传来几下轻微的敲门声。山仲开门一看,是武田秘书站在门口。

武田谦恭地说道:"对不起,有位S建设的客人要见部长。"

"好吧,你去隔壁会议室叫那些女人安静下来!"山仲没好气地说道,"她们那样吵,我简直没法看文件了。"

"您说隔壁会议室?"

"是啊,就是隔壁会议室,她们那样吵你没听见吗?"

山仲这样说着,突然感到隔壁会议室不知什么时候已经寂然无声了。

武田谨慎地回道:"部长,您大概听错了吧? 现在没有人在使用会议室。"

"不可能! 刚才还有一帮女人聚在那儿笑个不停。"山仲依然余怒未消。

"那我去看看。"武田惶恐地说着,立刻跑去隔壁会议室。

顷刻间,武田又返回来。

"怎么样?"山仲急切地问道。

"隔壁会议室里没有人。"武田有些疑惑地回答。

山仲不满地哼了一声,"我刚才明明听到了她们的笑声,这帮鬼丫头一定躲到什么地方去了。哎,你说S建设的谁来了?"

"是负责设计的松山君。"

"哦,这个人我认识,我们赶快去吧。"

武田道:"他现在在接待室,我先去招呼一下。"

武田走后,山仲摇了摇头,重新整了整衣着和领带,心想接待来客后也许会改变自己的心情。

"嘻嘻……"

这时,山仲又清晰地听到隔壁会议室传来了那些女人的笑声。

他怒气冲冲地走向隔壁会议室,用力地推开门扉。

奇怪,会议室里竟然空无一人!

山仲愣住了,环视着会议室的四周,一时不知所措。

令人瞠目的怪事又发生了。他刚才览阅文件的会议室里也传来了女人们的笑声……

"这到底是怎么回事?!"山仲的心中燃起一股无名的怒火,他快步返回自己办公的会议室,那种笑声戛然而止。

山仲的脸色霎时变得煞白——难道患了幻听症?我怎么会这样呢?

他猛然拿起会议室的电话,对住在公寓的那个女人打了电话。

"是我。"话筒里传来一个睡意朦胧的女声。

"我今晚到你这儿来……"山仲试探着说道。

"好的,你也好长时间没来了。晚上在哪儿用餐?我们这儿的饭馆都很早关门。"

"随便在哪儿都可以。我大概在晚上九点到你家,两个人亲热后,肚子饿了再出去用餐吧。"

"好的,我在家等你。"

"你得先好好洗一下身子。"

撂下电话,山仲似乎恢复了自信,他迅速地离开会议室,在走廊上大步流星地走着。

突然,他感到身后似乎有什么动静,回头一看,不由得大吃一惊。走廊上竟然出现了一匹不可能有的大马。

那匹大马目光炯炯地注视着山仲。

山仲闭上眼睛,用力地摇着头。当他再次睁开眼睛时,那匹大马突然不见了。

今天这是怎么啦? 是我的幻觉吗? 为什么听到的看到的都是那么不可思议? 也许谁都无法解开今天的谜团。

"部长!"忽听得武田一声喊,山仲吓得几乎魂飞魄散。

"有什么事?"山仲目光游移不定地望着武田。

"没什么事。"武田依然谦恭地回答。

现在要不要问武田这儿是否还有马,如果提出这个问题,他会怎么想?

山仲深深地吸了口气,对武田催促道:"走吧!"

"伯母!"弓江叫了一声。

"哦,弓江,你来了。"身在厨房的大谷母亲一边回答,一边忙碌地在调理台上的一只小锅里烧菜。

"今天我休息。"弓江有些羞涩地说道。

"看得出来。我正在为努儿烧便当的小菜,你看还行吗?"

"唔,味儿好香呀。"

"是吗? 这是努儿最喜欢吃的菜,做起来很麻烦。"

"是啊。"弓江敷衍着,她的目光落在调理台上的一把菜刀上。那把菜刀似乎很锋利,刀刃上闪着刺目的光芒。弓江不由自主地拿起了那把菜刀。

这把菜刀一定什么都能干,不管是蔬菜、肉类,甚至是人都能宰杀。

弓江望着大谷母亲的后背。

这个老是碍手碍脚的老太婆正是去除的对象。

碍手碍脚的老太婆……是啊,我有争取自己幸福的权利。

为了达到这个目的,无论我做什么都会得到上天的原谅。

"弓江!"大谷母亲背对着她说道,"把那个便当盒给我拿来,就是我平时常用的便当盒,你知道吗?"

"好的。"弓江曼声应着,心里却燃烧着熊熊的怒火:就是你这个害人的老太婆!因为你,我和大谷的恋爱可能无果而终。你这样太缺德了!

如果把她干掉……

"便当盒找到了吗?"大谷母亲还在浑然不觉地问道。当她回过头,看到弓江手里正拿着一把寒光闪闪的菜刀,不由得瞪大眼睛,发出一声惊叫,"弓江!"

"伯母!"弓江露出了一丝惨笑,"这是你咎由自取,怪不得我!"说着,弓江用力地把那把锋利的菜刀刺入大谷母亲的胸口……

"伯母!"弓江失声大叫,"你不要紧吧?我……"

咦,怎么是我一个人,怎么是在自己的房间?

"啊,原来我做了个噩梦!"弓江不由得叫出声来。这时,她感到浑身浸透了热汗。

我怎么会做这样的噩梦呢?

弓江使劲地摇着头,尽管已经睡了很久,却感到头部异常沉重。

她的手还残留着拿着菜刀使劲刺入大谷母亲胸口的感觉。

这个梦怎么会这样鲜活地历历在目呢?

难道这是个曲折反映的事实吗?

弓江百思不得其解。自己根据大谷的命令,开始在家休息。虽然经过充分的睡眠,身体和神经都得到了放松,可是……

弓江想到此,急忙起身进浴室洗澡,然后稍作准备,匆匆地走出自己的家门。

13 紧迫的影子

尽管按响了房间的门铃,弓江还是犹豫不决。

事先有过种种不祥的联想,甚至担心自己是否会真的看到大谷母亲浑身是血的尸体,但她还是鼓起勇气按响了门铃。

"谁呀?"房间里立刻响起大谷母亲的声音。

那太好了……弓江抚摸着胸口,终于松了一口气。

"哦,是弓江呀!"房门开了,大谷母亲手里拿着一把勺子,站在门口,"快进来吧,我正在给努儿做便当呢。"

"不好意思,打搅您了。"弓江说着走进房间,直接进入厨房。

"今天你休息?"

"嗯。"弓江顺手把坤包放在椅子上。

"我正在为努儿烧便当的小菜,你看还行吗?"大谷母亲一边在小锅旁边忙碌着,一边问。

"唔,味儿好香呀。"弓江由衷地赞道。

"是吗? 这是努儿最喜欢的菜,做起来很麻烦。"

弓江的目光转到调理台上,那儿放着一把闪着寒光的菜刀。

"弓江,把那个便当盒给我拿来。"大谷的母亲背对着弓江说道,

"就是我平时常用的便当盒,你知道吗?"

"好的……"弓江曼声应着,她好像重新回到了那场梦境之中。

是啊,这也许就是命运,是靠人力是无法避免的命运。

"便当盒找到了吗?"大谷母亲还在浑然无觉地问道。当她回过头,看到弓江手里正拿着一把寒光闪闪的菜刀,不由得瞪大眼睛,惊恐地反问,"你在干什么?为什么要拿着菜刀?!"

"我没干什么。"弓江啪地放下了手里的菜刀,慌乱地掩饰道,"我在找放便当盒的箱子呢。"

"多谢了。我问你,刚才去哪儿了?"大谷母亲满腹狐疑地问道。

"没去哪儿……其实我还关心着搜查工作的事,想赶快去上班。"

"努儿不是说让你好好休息吗?如果你不想休息,就帮我看家咋样?"

"在这儿帮您看家吗?"

"是啊,让你这个刑事警官看家我很放心呀。"

"好的。"

"那就拜托了。"

大谷母亲手势熟练地把便当装入便当盒里,然后进里屋做好出门准备,又回到厨房对弓江说道:"我走了,你就待在家里吧。"

"好的。您走好!"

弓江待大谷母亲出门后,一屁股坐在厨房的椅子上。

——我手里拿着菜刀,到底想干什么?难道我真想干那种事?不,无论如何,我绝不能有杀害大谷母亲的念头……

弓江禁不住一阵胡思乱想,越想让自己镇定越感到不安,甚至想立刻逃离这个滋生是非的场所。

弓江走进客厅,将整个身子深陷于柔软的沙发中。

当她的情绪稍稍稳定,又感到一阵浓重的睡意袭来。

"呼——呼——"弓江坐在沙发上沉沉地睡着了。

于是,不知是在梦境还是在现实中,出现了这样的一幕场景:

客厅的电话铃响了,弓江顺手拿起电话。

"你要去除那个障碍。"话筒里传来了一个男性的声音。

"是的。"弓江回答。

"现在正是个好机会。"

"什么?"

"你现在一个人在那个可恶的对手家里,不正是对她随身物品下手的绝好机会吗?"

弓江心想那个人说得对,以后再也不会有这样的机会了。

"不过……"

"你为什么又犹豫了?"

"我这样做好吗?"

"那当然。"对方毫不迟疑地说道,"这是保护自己的需要。"

"保护自己?"

"那个恨你的对手早已对你喜欢的物品下手了。"

"你说什么?"

"打开你的坤包看看吧。里面少了一支平时常用的圆珠笔。你的对手正准备用它来杀害你。"

"真的吗?"

"当然是真的,所以你自己必须正当防卫。"

"正当防卫……"

"赶快动手吧,只有这样才能去除你的对手。"

对方挂了电话。弓江放下电话筒后,再次进入睡眠状态……

少顷,弓江睁开了眼睛,条件反射地打开坤包,搜寻包里的物品。

"对方没有说谎。"弓江惊叹道。

她发现那支圆珠笔确实不见了。

大谷母亲会对我采用诅咒的方法吗?难道真有这样的事?

弓江立刻起身到厨房打开了一只专放小物件的抽屉。果然如此！她在抽屉里发现了一张卡片，那是幸福馆的卡片。

这已不是虚幻的梦境了，事实证明大谷母亲确实去过那儿。

弓江踉踉跄跄地返回客厅，颓然地坐在沙发上发呆。

她的头脑中不停地轰响着"正当防卫"的可怕话音……

"啊，真是稀客！"

崎看着大谷稍稍地扬了扬眉毛，"你就是大谷警长吧？"

"在你工作的时候打搅，实在对不起。"大谷礼貌地打个招呼，随后习惯性地扫视着崎的谈心室。

"你觉得这间谈心室还可以吗？"崎微笑道，"每天有很多女孩到这儿来，向我倾诉她们的烦恼。"

"现在我也有了烦恼。"大谷坐在沙发上不动声色地说道。

"由美，快给客人上杯红茶！"崎对着门外喊道。

由美温顺地进来上茶。

崎大度地对来人介绍道："这是我的女儿由美，这是大谷警长。"

"谢谢！"大谷端起茶杯，朝那个美少女点了点头。

由美静静地离开谈心室，几乎听不到她的足音。

"警长是为母亲的事而来吧？"崎试探着问道。

大谷有些不好意思，"是啊，妈妈到现在也把我完全当小孩对待，真是很为难。"

崎理解地笑道："她是你的母亲，这样做也很正常。"

"我还有件事想请教。"大谷换个坐姿，"有个叫旬子的姑娘你认识吗？听说她也是这儿的常客。"

崎稍思片刻，有些为难地回答："让我想想。每天来的客人很多，一时记不全。旬子？对了，她是个高中生，平时总有两个女同学陪着一起来这儿的。"

“是这样的。”

“啊，我现在完全想起来了。她的谈心没有和异性恋爱的内容，只是学习中的一点烦心事，谈心结束后就高高兴兴地回家了。你怎么会问起她呢？”

“她自杀了。”

“为什么？”崎的脸色有些凝重，“这样的花季少女怎么会自杀呢？”

“那是个很悲惨的故事。”大谷沉重地叹了口气，对崎说起六户和他妻子死亡的事件。

崎点点头，“我从报上看到这条新闻。但是，那个女学生为什么也要自杀呢？”

由美再次静静地走进谈心室，为大谷续茶后，站在一旁听着两人的谈话。这时，她忍不住插嘴道，“旬子太可怜了，她一定为老师一家死亡的事痛苦不已。”

大谷又道：“我们从旬子的书包里发现了你们这儿的预约卡。”

崎坦然地回答：“这不奇怪，现在的女孩子出去都会带几张这样的卡片。”

“但是旬子的情况好像有些不同，她的同学证言也说得很清楚。旬子只有来这儿的时候才会带上这张卡片。”

“是吗？”

“那天她来过这儿吗？”

“由美，你去查查那天的登记记录。”

“好的。”由美说着走出谈心室。不一会儿，她带着登记簿返回来，说道：“那天她没来过。”

“噢，知道了。警长，很遗憾，那天她确实没来过这儿。如果来的话，我一定会设法劝阻她的。”

“是啊。”大谷点头表示同感。但他话锋一转，又提出一个新的问题,"有个情况很蹊跷,她明明带着卡片准备来这儿,为什么突然去学校上吊自杀呢?是什么原因促使她改变了原来的想法?"

崎摇摇头:"这个问题我也搞不懂。"

"难道她觉得来这儿谈心也没用,或者……"

"或者是指什么呢?"

"也许在她来这儿的半路上发生了什么事。"

"你能否举个例子,会发生什么事?"

"这个嘛,现在还不清楚,我们正在进行调查。"大谷呷了口茶,"我还有个问题想请教。"

"什么问题?"

"你认识这个女人吗?"大谷拿出一张照片递给崎,"请仔细看看,这是她年轻时拍的照片。"

"这个……"崎看了半天,又摇头,"我对这个女人没有一点记忆。"

大谷直率地点明,"这个女人就是那个六户老师的夫人。"

"啊,是吗?听说她被自己的丈夫杀死了。"

"是的,这件事很悲惨。有人说是她的丈夫听信流言,认为那个婴儿是她和其他男子所生而采取了极端的行动。这个代价实在太残酷了。"

"我也有这种同感。不过,我倒要问问,你怎么会想到我会认识那个女人?"崎说着把照片还给了大谷。

大谷回答:"我们现在找到了一张烧毁的照片残片,那张照片可能是对方用来敲诈的所谓'证据'。现在通过电脑的复原,已大致掌握了照片的内容。照片的主要部分应该是一个男子和那个教师的夫人在床上做爱的场景。但是看不清那个男子的面容。此外,我们在现场还找到了那张照片的另一小块残片,经过电脑处理后再放大仔细观察,发现那一小块残片的内容是那个男子的上衣。"

"噢,是男子的上衣……"

"不仅如此,它还显现了上衣的内侧。"大谷说着把自己的上衣内侧翻开给崎看,"你明白我的意思吗？ 我们发现上衣的内侧缝着那个男子的名牌。经过放大辨认,最后确定他的姓名叫'吉川一'。"

崎沉默了一会儿,说道:"是叫'吉川一'吗？ 这个姓名倒也普通。"

"确实如此。不过,最近贵馆的事务局长吉川一突然蹊跷地自杀了,而且随身还带着手枪。这不得不引起我们的注意。和那个老师的夫人发生性关系的男子也叫吉川一,罪犯利用当时拍下的艳照敲诈对方,继而又引起给那个老师送去照片的女学生的自杀。那个女学生带着贵馆的卡片准备来这儿,但她中途突然改变主意去学校上吊自杀,这一连串的事件构成了奇异的犯罪链接。"

"我注意到了你的猜测。"崎不慌不忙地说道,"但我觉得这也可能没有内在的联系,纯属各种偶然的巧合。"

"你说得不错,不过我们还是先排除偶然的可能性,准备先进行例行的搜查。"

"如果需要我出力,不胜荣幸。"

"那就拜托了！"

两人的对话之间,逐渐产生了无形的紧张空气。

大谷问:"你知道吉川一和那个女人的暧昧关系吗？"

"不知道,吉川一有自己年轻美丽的妻子,我怎么会想到他有外遇呢？"

"嗯。也许是同名的两个人,我们现在正在全力调查那个男子。我想很快就会有结果,即使有人想隐瞒也是瞒不住的,那个男子一定会浮出水面。"

"也许吧。"

大谷站起身来,"今天就谈到这儿,如果有什么线索,请马上和我联系。"

"你辛苦了。"崎曼声应道,"红茶也没有好好喝。"

"告辞了!今天工作忙,我已经喝了不少饮料。"大谷说完后,礼貌地朝崎点点头,向外走去。

走出谈心室,大谷发现外面有很多女孩正排着长长的队伍等候着。他无心多看,快步走下楼梯,离开了那幢大楼。

这时,大谷突然听到背后有人喊:"警长!"

回头一看,只见崎的女儿由美正一路小跑地追上来。

"有什么事吗?"

"我……有话……要告诉你……"由美气喘吁吁地说道,"是关于我父亲的事……"

"关于你父亲的事?"

"我父亲和吉川一的老婆关系很亲密。"

"原来如此!"

"两个人到底是谁主动我也不清楚。吉川一在外面有女人,所以我父亲就和他的老婆吉川奈奈子也好上了。吉川一的老婆很年轻,好像对吉川一整天忙于工作很不满意,她每次和我见面都会大发牢骚。"

"奈奈子现在也……"

"你是问她和我父亲的关系吗?现在多半还保持着这种暧昧关系。父亲说今晚他在外面应酬,我估计就是和奈奈子幽会。"

"我知道了,谢谢你。"大谷微笑道,"为什么你要把父亲的事告诉我?"

由美的脸上泛起了红晕,"因为我喜欢像大谷先生这样的人。"

"谢谢你的夸奖!"

"好吧,再见!"由美说着转身向来的方向跑去。

大谷目送着由美的背影,耸耸肩膀又迈开了脚步。

他的头脑正在不停地盘算着:口袋里的那张照片是诱饵。崎亲手拿着那张照片看过,所以照片上一定留着崎的指纹。他在其中究竟扮演怎样的角色呢?

大谷轻轻地摇摇头,快步向自己的轿车走去……

14 马

"你怎么啦?"那个女人慵懒地说道,似乎躺在床上不想起来。

"我得马上回去了。"山仲起床后系好领带轻松地说道。

"知道了。"那个女人问:"不是为了这个……你还会来吗?"

"你怎么会这样问我?"

"嗯……我不想你总是为了发泄才来找我。"

"精力过剩嘛。"山仲笑道,"你还想再来一次吗?"

"我可不敢。"那女人发出嘻嘻的笑声,"想来时再来吧。"

"唔,你可真乖!"山仲说着从钱包里掏出几张一万日元的纸币放在桌上,"想买什么就去买什么吧。"

"谢谢! 要不要去叫出租车?"

山仲一边穿着衣服,一边说:"不用了,我自己能行。"

那女人问:"现在几点了?"

"十二点,哦,已经快到十二点半了。"

山仲手提着大衣,送了个飞吻,"那我走了。"

"好吧,我没力气起床就不送了。"那女人躺在床上朝他摇了摇手。

山仲大步走出了房间。

深夜的马路上没有行人,四周一片静寂。

山仲又恢复了往常一般的精神。虽然白天曾发生不明原因的"幻听"症状,此时已经不在意了。

搂抱着女人,不顾一切地发泄能量……一扫白天的萎靡之气,达到了淋漓酣畅的峰巅,看来我的身体还行。这就好了,只要坚信自己有着充沛的精力,什么样的困难都能对付。

山仲披上大衣,在微寒的街道上轻松地走着,他的心情极佳,甚至想吹一吹自己并不擅长的口哨。他又有些后悔,早知如此,让武田在外面开车等着我该多好。

不过,稍许走走也不错,让夜风轻轻地吹拂脸颊也是件快乐的事。

这时,沿着公寓区的街道上突然响起了一阵"喀!喀!"的脚步声。山仲开始以为是自己足音的回声,但很快又响起类似马嘶的怪音。他忍不住回头看去。

好家伙,竟然有一匹马在后面蹒跚而行。

山仲使劲地摇了摇头,又反复地揉擦眼睛,他实在无法相信眼前的这番情景。

在公司的走廊上曾见过这匹马,当时认为是一种幻觉,不是现实的生物。现在它在城市的街道上又出现了,真是咄咄怪事!

"你给我赶快消失!"山仲发出一声怒吼,"快滚,我不怕你!"

那马突然分身变为两匹马,一边吐着白气咴咴地叫着,一边目不转睛地盯着山仲。

"快滚!"山仲叫了一声,赶紧转身逃跑。

"喀!喀!"身后传来了急促的马蹄声。

山仲在街道上一路狂奔,同时在心中竭力安慰自己:不要慌,那是幻觉,必须无视它的存在!

"喀!喀!"身后的马蹄声越来越大,简直像大海汹涌的波涛。

山仲再次回头看时,眼前的情景使他顿时目瞪口呆:"后面形成了数十匹的马群,正在势不可挡地向他冲来。大地在颤动,似乎像地震一样,从地心深处响起了恐怖的地鸣声……

山仲吓得魂飞魄散,一边狂奔,一边拼命地狂吼:救救我!快来救救我!

"喀! 喀! "身后的马蹄声越来越近,越来越恐怖。

山仲大口地喘着粗气,只感到心脏快要爆炸了……

……怎么会有这样的事呢? ……

"救命啊! "

在一辆卡车的面前,山仲的身体腾空而起。

卡车响起了尖锐的刹车声,山仲砰然倒在离卡车几米远的地面上。

卡车司机慌忙下车,跑到山仲的身边,大声地叫道:"喂,你要挺住! 为什么要撞车,不要紧吧?! "

山仲微微地睁开眼睛,吐了一个字"马……"

"你说什么? "

"马追来了……"说完,他头一歪,再也没有发声。

"马怎么啦? "卡车司机疑惑地嘀咕着,环视现场四周。

这时,街道上依然一片静寂,不见一个行人……

仓林文代走进公寓的大堂,长长地打了个哈欠。

最近,文代特别忙。女儿良子充分理解妈妈的难处也给予不少帮助……尽管如此,文代还是感到少有的疲劳。

文代朝自家的邮箱里看了一眼,发现里面放着一只白色的信封。

这封信似乎不是邮递员投送,而是有人直接送来的。

难道是广告邮件吗? 不,信封上清楚地写着"仓林文代收"的字样。

文代拿着那封信,乘上了电梯。

终于想起来了,一定是那个叫江田的青年男子写的信。

"这不过是一次偶然的萍水相逢罢了。"文代心情复杂地自语道。

其实,她这样说,并非不想邀请江田再度相会,主要因为自己忘了对方的联系电话。找遍了家里留存的所有名片，就是没有发现江田的名片。她想起前些天曾丢弃了一部分已经失效的名片，也许江田的名片就混在其中。

如果诚心想与江田联系也不是没有办法。她能直接向那天派对的主办方打听江田所在的公司，只要知道公司的名称，就能轻而易举地找到江田。

但是，当文代准备这样做时，又开始犹豫了。一旦陷入情网不仅后果严重，而且自己过于迷恋这样的情爱反而会使对方敬而远之。

好吧，不要再胡思乱想了，就算一次偶然的奇缘吧，这样对双方都好。

文代这样想着，说了声"我回来了！"就走进家门。

良子正巧洗完澡，身上披着一条浴巾走出浴室。

文代笑道："死丫头，还不赶快穿衣服，这样会感冒的。"

良子道："妈妈，你要洗澡吗？ 现在的水还是热的。"

"好吧，我这就去洗澡。"

文代走进卧室，脱下了外衣，然后坐在床沿上，长长地叹了口气，轻轻地揉着有些酸痛的肩膀。

对，现在最好还是先洗个澡休息一下再说。

突然，她的目光落在放在床头柜的那只白色信封，忍不住好奇心，打开了信封，两张照片从信封里飘然而落。

文代一看，顿时吓得脸色煞白。

怎么会有这种事？ ……他为什么要寄给我？ ……

"妈妈！"良子叫了一声走进卧室。

文代慌忙把那两张照片塞进床单下面。

"什么事？"文代有些心虚地问道。

"学校要每个学生明天缴三千日元。"

"是吗？ 那你就从厨房抽屉里的钱包拿三千日元吧。"

"我可以直接去拿吗？"

"可以。"

"我的零花钱只有一千多日元，明天吃饭也不够……"

"那你就多拿一点，不要再问我了。"

穿着睡衣的良子开心地走出卧室，文代又偷偷地拿出了那两张照片。

这不是在做梦，对方为什么要寄来这样的照片？……

照片里，文代被一个男子搂抱着在床上疯狂地做爱，那个男子的容貌也看得一清二楚，他就是因心脏病猝死的艺人田崎建介。

文代又注意到信封里还留着一张薄薄的信笺，急忙取出来察看。

信是用打字机打下的一行短文：如果这两张照片让你女儿看见，会使她受到致命的打击。若要得到照片和底片，须交付两百万日元。一周后再联系！

那纸信笺从文代的手上悄然落在地板上……

"警长！"弓江轻轻地叫了一声。

"你来啦？"大谷含笑着问道，"怎么样？休息得还好吗？"

"嗯，还好吧。"弓江压抑着心中难言的隐痛，勉强地点了点头。

"真是怪事！"大谷坐在办公桌的后面，一边看着报告书，一边忍不住拍案惊奇，"一个行人突然一头撞在大卡车上，临死前说了一句'马追上来了！'。"

"他说的是马吗？"

"肇事卡车的司机说他清晰地听到了死者临死前说的这句话。但是，现在城市里根本没有马，而且当时的现场也不见一个人。"

弓江凑上去看着那份报告书，当她看到死者的名字时，不由得皱起眉头，"是山仲……吗？"

"是呀，死者名叫山仲忠志。你有怀疑吗？"

"不……我好像在哪儿听到过这个名字。"

弓江苦苦地思索着，最后沮丧地摇了摇头，"对不起，我实在想不起来了。"

"也许你知道了他的身份后就会想起来了。死者随手带着名片，好像是什么公司的部长。"

"据说他从情人的公寓里出来后，在回家的路上出事的。"

"部长？……啊，我知道这个人！"弓江终于想起来了，"他是俱子的上司。"

"俱子？"

"噢，俱子是我的闺蜜，她……"

弓江突然感到头部一阵剧痛，整个身体不由自主地摇晃起来。

"哎，你怎么啦？不要紧吧？"大谷一时惊呆了，"快坐下，要不要在沙发上躺一会儿？"

"不……我不要紧。"弓江无奈地叹息道，"那支圆珠笔……"

"你说什么？"

弓江怔怔地看着大谷。圆珠笔，是它捣的鬼吧？

对了，一定是那支突然丢失的圆珠笔干的。

弓江悄悄地紧握着手中的坤包，暗忖：我必须正当防卫！

正在这时，办公室突然打开了。

"努儿！"一声响亮的称呼震动耳膜，"我给你送便当来了！"

大谷母亲高举着包袱，神气地走进办公室。

15 后悔的时候

不知是谁第一个发现她的。

当江藤俱子走向工作人员肃立的签名台时，听到聚在旁边的那些公司职员中传来一阵低语声。

当然,现在正在举行山仲的遗体告别仪式。现场没有人大声喧哗,就是那五六个议论者也只能凑在对方的耳边窃窃私语。

"这个女人经常来公司找部长。"

"不知她今天以怎样的身份和部长告别。"

"哎,部长的妻子也在,她又能怎样呢?"

俱子清晰地听到了这些议论。

过去的已经过去了。今天是诚心来山仲的遗像前焚香祈祷他的冥福,这有什么好奇怪的?

俱子注意到站在签名台的女职员后面的武田,但她装作没看见,径直走进山仲的家门。

山仲家客厅的地板上铺着塑料布,让前来吊唁的客人能穿着鞋直接进来。

在签名台签名时,俱子没有任何的犹豫,但是当她正面对着山仲的遗像和灵柩时,不由得停住了脚步。

山仲死了,他真的死了!

俱子轻轻地自语道:"他走了,什么都没留下。"她的话语中也许带有自作自受的意味。

俱子认为山仲是个薄情寡义的男人,他的所为只能在现实世界中受到报应。他的死不是我干的,我不过在暗中助了一臂之力。

俱子对着山仲的遗像焚香敬奠,然后双手合十,为死者祈祷冥福。袅袅上升的香烟微微刺痛了她的双眼。

接着,俱子又向站在一旁的山仲遗孀走去。

"惊闻部长逝世,不胜悲痛。"俱子礼貌地低下了头,"过去常得到部长的关照,真是感恩不尽。"

说到关照两字,俱子并没有虚情假意,从她的声音里也能听出来自心底的真诚。但是当她说完抬起头时,不由得产生了些许的讶异……俱子第一次见到山仲的妻子,那个未亡人似乎完全没有听见她的话语,只是用迷茫的目光呆呆地看着俱子。

"实在过意不去。"山仲的妻子就像机器人般机械地应答道。

山仲的妻子旁边坐着低头哭泣的女儿,看模样像个高中生。她身穿一袭黑色的连衣裙,两眼哭得红肿,两只白嫩的小手正使劲地撕着一条手绢……俱子看到这种情景,惊得连身子都站不稳。

"部长夫人,请您务必节哀!"

听到第二个吊唁客人的声音后,俱子立刻知趣地离开了山仲的家人。

到了室外,俱子没有走向公司职员集聚的大门,而是通过边门走入住宅庭院的小路,然后看着庭院的围墙不住地叹气。

俱子万没想到自己会受到这样大的打击。她原本是抱着看笑话的心态来此祭奠的。山仲,你是体验到怎样的恐惧后才死的呢?她本想对死者提出这样的问题,然后再暗中嘲笑已经不能回答的山仲,可是……

看着泪眼婆娑的山仲遗孀,看着拼命忍住眼泪,用颤抖的小手不停撕着手绢的山仲女儿,俱子的心也碎了,因为这些都是她未曾料到的情景。

其实,俱子并不想为这个卑劣的男人悲悼。这样的人,想必也不会珍惜自己的家庭和妻女。

因此,山仲的妻女照理也不会痛惜他的离去……

但是,实际的情况并非如此。

山仲妻女的悲痛不像故意的掩饰。由此看来,山仲至少在家里是个好丈夫、好父亲。即使他在演戏也不能不说他演得很真诚……

"江藤!"突然有人叫了一声。

俱子转头一看,发现武田就站在她的旁边。

"武田……"

"你不要紧吧？脸色可不大好啊。"

"嗯……"俱子深深地叹息道，"看到他的夫人和女儿这般痛苦，我心里也很痛苦。"

"部长在安抚家庭方面一向做得很好。"武田轻轻一笑，"我也特意伪装了不在现场的状况……"

"不过……"

"部长是从那个女人家里出来，在半路上出的事故。现在这事连他的夫人都知道了。"

"事故？"俱子嘀咕着，"如果被看作事故的话……"

武田疑惑地问道："是啊，警方在事后查实部长是撞上卡车后被弹飞出去倒地身亡的，那你……"

"我很安全，当时立刻离开了现场，你尽管放心。"

武田犹豫了一会儿，又道："马上就要出殡了，你最好还是等这事结束了再回家。这样就不会引起别人的注意。"

"谢谢！"俱子点点头，"就这么办吧。"

武田迅速地离开俱子，返回原处。

此时，俱子坚信山仲的遗孀即使知道山仲的劣迹也依然会深爱着自己的丈夫的。同时又觉得因为山仲抛弃了自己，自己有权利把那个负心人杀害泄愤。但是，现在的结果完全不是自己所想看到的。

为时已晚！为时已晚！

俱子不由得用双手遮住了自己的颜面……

"对不起，打搅了！"大谷对那个女人说了一声。

"找我有什么事？"那个穿着一身黑色衣服、正准备回家的女人脸色苍白地问道。

"我是警察。你就是江藤俱子吗？"

"是。"

105

"有关山仲忠志的死因还有一些疑点。"大谷意味深长地说道，"听说你和山仲有着不同寻常的关系，是吗？"

俱子默默地点点头。

大谷道："其实，我并不是追究你和山仲的关系。据我们调查，山仲是撞上卡车后，身体弹飞倒地而死的，但他的迹象又不像是自杀。"

俱子惴惴地发问："您怎么会这样想的呢？"

"据说山仲临死之前说了声'马追来了！'，他为什么那么说？你有这方面的线索吗？"

"没有……"俱子闭上眼睛，轻轻地摇了摇头。

"当然，城市的中心区不可能出现真的马。山仲说的'马'，会不会还有其他的意思。比如，'马'是某个人的绰号，我觉得有这种可能性。你听说过吗？"

"没有听说过。"俱子继续摇着头，"可以不谈这件事吗？"

"那好吧。"大谷宽容地笑道，"顺便问一下，你是香月的朋友吗？"

"弓江……是弓江香月吗？"

"就是弓江香月，她现在是我的部下，非常能干。"大谷淡然地说道，"本来她今天要和我一起来你这儿的，不知为什么，临行前突然头痛得厉害。"

"弓江……头痛？她不要紧吧？"俱子担心地问道。

"可能是工作太累，也可能是睡眠不足，或者是这两方面的原因叠加起来造成的。不过没关系，这点小病难不倒她。"

俱子的脸上终于挤出一丝笑容，"请代我转告她一定要保重身体。"

"谢谢！我一定如实转告。"

"请问……是不是弓江把我的事告诉你的？"

"你怎么会这样想？"

"我心里总觉得有些怪怪的。"

大谷笑道："她没有告诉我你和山仲的事,而且我也觉得你怎么看也不像是见过'马'的人。"

她好像知道点什么。大谷通过与俱子的一番对话,对此留下了深刻的印象。

也许就是她阴谋杀害了山仲。即使不是,她也一定知道山仲蹊跷死亡的底细。俱子已经快步走远了,大谷还在若有所思地目送她的背影。

"警长!"大谷的身后传来"咯咯"的脚步声,随即听到那声熟悉而亲切的称呼,他知道是弓江来了。

"怎么样?体力恢复了吧?"大谷关切地问道。

"完全好了,多谢警长的关照。"弓江的脸色虽然还有些苍白,但她依然十分肯定地回答。

"刚才我在和你的朋友说话呢。"

"是俱子吗?她可是个十分认真的人,从她的口中得到了什么有价值的线索吗?"

"没有。现在还只能把山仲的死亡当作普通的交通事故处理。山仲临死前说'马追来了!',那句话的确令人费解,但也不能据此认定就是一起杀人事件。"

"是啊。"弓江附和道。

两人在路上走着。大谷又问:"已经找到崎的指纹了吗?"

弓江回答:"还没有。他好像没有特别的前科。现在的身份也没有破绽。"

大谷坐上轿车的司机座,感叹道:"这是我最担心的事。"

弓江坐上助手席,问道:"我们现在去哪儿?"

"嗯,让我想一想。"大谷手握着方向盘说道,"如果把那个人气歌手田崎建介也算入的话,现在死去的人已经不少了。"

"是啊。"弓江附和着,"幸福馆的事务局长吉川一也应该算一个。"

"还有那所学校的老师六户以及被他杀害的妻儿,再加上女学生旬子,公司的部长山仲……"

弓江听了不觉毛骨悚然,暗忖:下一个该是谁呢?

大谷进一步分析道:"在这些死亡的人中,能确认被杀害的只有旬子一人。当然,六户妻儿的死因也已确认,由于已经知道了杀人凶犯,只能排除在外。"

弓江颇有同感,"剩下三个人暂时无法确定他杀,从表面上看,田崎建介因心脏病突发而死,吉川一系自杀,山仲死于偶然的交通事故。"

大谷深叹一口气,"我总觉得这些人的死都和那个幸福馆有关,但现在就是找不到构成犯罪的线索。真是困难!"

"警长不必如此犯愁,现在已经查实旬子是他杀的,就是为了她一人……"

"那当然。我们一定要找到杀害旬子的罪犯!"

大谷轻轻地拍拍弓江的肩膀,"你也要为了能在关键时刻挺身而出,先把自己的身体养好。"

弓江微笑道:"我已经没事了。"

"唔,看上去脸色确实好多了,还有热度吗?"大谷用手摸了摸弓江的额头,"好像已经退烧了。"

弓江嗔道:"你还要诊断其他部位吗?"

"那当然!"

大谷说着,滚烫的热吻粘住了弓江的绯唇……

这时,车载电话的铃声响了,两人慌忙停止了缠绵。虽然没人看见,但都羞红了脸。

"喂!喂!妈妈,有什么事?"大谷有些不自然地说道,"……你说什么……我怎么知道这种东西……"

电话筒里传来了大谷母亲的尖利话音,弓江听了顿时失去了脸上的笑容。

大谷继续在通话,"……你说我现在什么地方? ……我一个人呀,正准备开车去接香月……"

大谷没好气地挂断了电话,"真烦人,我们还是抓紧时间吧。"

弓江关切地问道:"家里丢失了什么东西吗?"

"妈妈说平时戴的眼镜不见了。也许她老糊涂了,自己正戴着眼镜找眼镜呢。"

"怎么会有这种事呢……"

大谷发动了轿车的引擎,对弓江揶揄道:"我对妈妈说正在开车去接你呢。"

弓江顺水推舟,"那我们去哪儿呢?"

"哪儿都行,就去我们俩常去的地方吧。"大谷说着开动了轿车。

弓江想了一会儿,突然说道:"警长!"

"什么事?"

"我想现在去见见仓林良子好吗?"

"就是那个女孩子? 你为什么现在要去见她呢?"

"我想再去找她核实一下情况。良子相信咒语,而且确实暗中对田崎建介念了那种咒语。虽然崎对那事断然否认,但我想良子应该会实话实说的,所以想找她当面确认。"

"原来如此!"大谷恍然大悟,"只是我们俩甜蜜的时光就……"

"下次吧。"

"好吧,那女孩住在什么地方?"

"请等一下。"弓江说着打开坤包,准备拿出笔记本,但她的手突然又不动了。

"你怎么啦?"

"没什么……"弓江从坤包里拿出笔记本,很快找到了记下的良子住址,"我们这就上高速公路吧。"

其实,此时的弓江的心里直打鼓:他不会发现吧? 我怎么又动摇了呢……

弓江把笔记本放回坤包,并悄悄地朝包里摸了一下。她感到自己摸到了大谷母亲的那副眼镜。

这东西是什么时候放入包里的? 难道是我自己放进去的吗?

这时,她的耳边突然响起一个神秘的声音,"这是正当防卫!"

"喂! 喂! ……"江藤俱子对着电话说道,"我……就是江藤俱子……刚才去参加了葬礼……对,是山仲的葬礼。我现在发现自己犯了大错……不,不是说不该做的那事……我当然恨山仲,不过我还是犯了大错……我现在也不知道该怎样弥补自己犯下的罪过。唔,我知道,我知道……不过……"

俱子颤声说了一句"我绝不能原谅自己!"后挂上了电话。

俱子准备走出电话亭,但是插入的电话磁卡就是拔不出来,还在一个劲地发出哔——哔——的叫声。

这时,突然有人"嗖"地一下拔去了那张电话磁卡。

显然,那人一直在后面悄悄地跟踪着踉踉跄跄行走的俱子。

16 敲诈电话

"妈妈!"良子朝客厅里看了一眼,有些犹豫地问道,"您要去哪儿?"

"什么?"文代回过头来,"良子,你洗好澡了吗?"

良子不满地撅起小嘴,"我刚才说的话您没听见吗?"

"是啊,没听清楚,对不起。"文代强作笑颜地回答。

良子惊异地看着正在精心打扮的母亲,"你要出去工作吗?"

"是啊,刚才有电话来,说有客人等着我。"

她分明是在敷衍我,良子看到母亲这身不同寻常的装束,立刻明白了。

前不久,妈妈和一个男人在外面过夜后回来。从此,她的行为就开始变得和过去完全不同。

今晚似乎和上次不一样,妈妈显得非常紧张,甚至是战战兢兢的模样。

"妈妈,到底出什么事了?"良子不放心地问道。

"你不用担心,赶快睡觉吧。"

良子笑道:"现在只是晚上九点,睡觉还早呢。"

"是啊……现在只是晚上九点。"文代看了一眼手表,喃喃地自语道。

这时,桌上的电话突然响起铃声。

"一定是我的电话。"良子说着伸手去拿电话筒。

"你不要去接!"文代近乎歇斯底里地大声嚷嚷,良子一时愣住了。

"对不起,"文代慌慌张张地说道,"是我等的那个电话。"

文代一手拿起电话筒,"是,我就是仓林文代。"

文代的脸色煞白,手里拿着话机从客厅里出来,并对良子摇手示意,要她待在里面。

"……唔,我已经准备好了……在什么地方? ……好,我知道了……马上就来……"

妈妈究竟在和谁通电话?

现在连良子都知道这绝不是个单纯的业务电话,从妈妈严肃紧张的表情来看,一定发生了非同寻常的大事。

妈妈是个不善于掩饰自己内心的人。

文代打完电话后,良子立刻跑回自己的房间,迅速地做好出门的准备。此时,她感到妈妈似乎已经走到大门口准备离家了。当房门砰的一声关上后,良子立刻走出自己的房间。

良子估计母亲已经乘电梯到达了一楼,于是急忙走出家门来到走廊上,她决定悄悄地跟在母亲的后面看个究竟。眼看时间来不及了,于是狠了狠心,顺着楼梯快步下楼,由于走得太急,中途有几次差点摔倒,最后总算平安地到达了一楼。

良子看到母亲站在公寓外面的马路边上叫了一辆出租车,迅速地乘车而去。她气喘吁吁地暗暗叫苦,心想这次全完了。

良子跑出公寓的大门,目送着那辆载着母亲的出租车飞驰而去……她的心头突然袭来一阵难言的不安:到底发生了什么事?

"良子,你怎么啦?!"

良子忽听得有人在叫她,回头一看,原来是崎的女儿由美站在身后。

"啊,由美,真是你吗?"

"刚才乘上出租车的女人是你母亲?"

"是啊,她这么晚出去我总感到有点怪。"正说着,良子的目光无意间投向停在路边的一辆红色的轿车上。

"啊!"良子不由得叫出声来。

她看到一张熟悉的脸从轿车的车窗里露出来,那人正是在那次派对上见到的江田。

由美道:"我们这次来就是想邀请你一起坐车出去转转。今天正好江田有空,他的寻呼机也没有响。"

良子沉吟半晌,说道:"如果可能的话,请你们帮我一起去追踪妈妈乘的那辆出租车。"

"你这么担心妈妈吗?"

"唔……"

"那好吧,就叫江田来帮助你吧。"

"没问题,包在我身上!"江田豪爽地说道,"快上车吧!"

良子紧跟着由美钻进轿车,坐在后排的座位上。

"走喽!"江田叫了一声,轻快地驾车驶离现场。

"能追得上吗?"良子不无担心地问道。

"没问题!这条道很顺畅。"江田说着加快了车速,没过多久,就看到了那辆出租车。

"这下好了,我的车技怎样?"江田得意地说道。

由美赞道:"车技不错,你要紧紧盯着前面那辆车,不能让它溜了。"

良子有些不好意思,"真对不起,我不过随便一说……"

"不要说这种客套话。"

此时,良子清楚地看见了前面的那辆出租车,一颗悬着的心终于放了下来。

"这辆车……是江田君的吗?"

"是啊,你怎么会问这种问题?"

"我没有别的意思。我是说这辆车的性能真好。"

良子嘴上这么说着,心里却别有一番滋味。

这辆车和那辆车非常相似。

就在那次派对的第二天中午,有人开着一辆红色的轿车把妈妈送回家来,两辆车几乎一模一样。当然,现在还不能就此得出结论。因为良子明明看到江田为了工作,在派对中场就离开了酒店的宴会厅,他不可能和妈妈相遇。

由美问道:"你妈妈会去哪儿呢?"

良子回答:"我总觉得妈妈最近有些异常,只要一听到电话铃声,就显得很紧张。"

"是吗?那我们就紧紧跟在那辆出租车的后面看个究竟。"由美轻轻地拍拍良子的肩膀,"不用担心,我们会紧紧地盯着你妈妈的。"

"好的,谢谢了!"良子敷衍着说了一声,她的心思又飞到了另一个方面。

不管怎么说,江田的车确实与那辆车非常相似……

如果送妈妈回家的真是江田的轿车的话……

真的会发生这种事吗?……

良子由母亲的事想到了现在的情况。

为什么由美和江田会出现在自家的公寓门口呢?这仅仅是偶然的巧合吗?她的心中出现了一个又一个问号……

文代下了出租车,环视着四周,心里直打鼓:真是在这儿吗?

她简直不能相信现在的场景。罪犯们通常勒索钱财,不是都选在没有人气、一片死寂的地方吗?

可是,文代现在却来到一座面向年轻人的购物中心。那儿灯火辉煌,热闹异常。虽然今天不是休息天,购物中心里却挤满了青年学生。

现在已经快九点四十分了,那些来这儿消遣的青年学生要到什么时候才回家呢?

文代出于母亲的本能,不由得为那些年轻孩子操起心来。

不多想了,现在必须去做那件事情。

文代开始仔细地搜寻着对方指定的那家"N"店。她急急地在一楼来回走动,满眼都是缤纷的色彩和光影。

四周响起不绝于耳的强劲音乐,文代不习惯地皱起眉头。现在的年轻人就是这样,不管到什么地方都喜欢有强刺激的音乐助兴。

文代在一楼转了一圈没有找到,心中不由得暗暗生疑:对方明明是说在一楼的"N"店,怎么没看见呢?无奈之际,她不得不向正在眼前一家店铺工作的一个年轻店员打听:"对不起,请问'N'店在这一楼吗?"

那个穿着围裙的高个子女店员愣了一下,反问道:"你是说'N'店吗?"

文代点了点头。

女店员顺手一指,"就在那儿!"

顺着女店员手指的方向,文代看到一楼的当中有一块圆形的空间,一家咖啡馆正处于这个地带。咖啡馆的四壁由大块的玻璃组成,玻璃上醒目地张贴着金色的"N"。

这家样式奇特的咖啡馆就近在眼前,而自己竟然没有发现。文代不由得羞红了脸。

"谢谢!"文代礼貌地向那个女店员道谢。

"不用谢。每个人都有'灯下黑'的现象。"女店员理解地说道。

文代进入了那家咖啡馆,这时已将近闭店的时间。她走到店中的一个空位子坐下,对方曾在电话中指示她就坐在这儿等待。

她悄悄地打开自己的皮包,确认包里那只放着两百万日元的纸包。

田崎建介——想到和那人的相处经历,文代至今还有一种恶心的感觉。

其实,她根本没有迷恋田崎,只不过禁不起对方的诱惑,一时冲动上了床,事后还感到疲惫不堪。

而那个江田就完全不同了,他自始至终温柔体贴,现在想想也余味无穷。田崎是个寡情的人,第一次和文代做爱就明显地露出不屑的表情。

"他只不过是玩弄我。"文代喃喃自语着,心里隐隐作痛。

文代和田崎只发生了两次性关系就匆匆地结束了。当听到田崎的死讯后,她突然感到浑身无力,知道这并不是对田崎迷恋太深,而是自己一下子轻松了许多。其实,文代一直很纠结,总是担心自己和田崎的事一旦传入女儿的耳朵,会产生严重的后果。尽管如此,当听说良子有对他人施以"咒语"的事情后,文代还是受到了很大的打击。她认定加害的对象一定是田崎建介。

文代知道,良子直到现在还在恨田崎,这说明田崎和良子之间一定有"什么事"。如果真是这样,更不能让良子看到这种照片了。

但是,对方怎么会有这种照片呢? 真是不可思议。文代胡乱地猜疑着,百思不得其解。

"欢迎光临。"一个女服务员机械地说了一声,给文代递上一杯水。

"噢,我要一杯咖啡。"文代下意识地脱口而出。

"好的。"那个女服务员应声而去。

好恐怖啊。现在这样焦急地等待着敲诈者,使文代的心中产生了巨大的恐惧心理,也许今生今世都不会忘记。

文代又想起了江田。真想再次和他幽会,让他抱着我甜蜜地入睡……

这时,一个服务员端来一杯咖啡,同时把一个信封放在文代的茶桌上。

"请你好好看看这个。"那个女服务员轻声说道。

文代疑惑地抬起头来,发现来者不是刚才见到的女服务员。

"我想你一定把我们要的东西带来了吧?"那个女服务员软中带硬地又说了一句。

就是这个小女孩吗? 文代呆呆地看着她,不由自主地从皮包里拿出那个装了两百万日元的纸包。

"谢谢了。"那个女服务员说着就把纸包放入工作服的口袋里,然后迈着轻快的步伐飘然而去。

目送着那个万没想到的对手的背影,文代一时愣住了。待她清醒后,急忙打开放在茶桌上的信封,仔细地看着。

信封里只有与上次相同的复印照片和一张信笺,没有照相的底片。

文代慌慌张张地展开信笺,只见上面写着短短的一行字:要想得到照相的底片,还必须支付更高的酬金。

这些由打字机打出的文字在文代的眼前跳跃着,似乎在嘲笑地眨着眼睛。文代"霍"地一下站起身来,睁大眼睛拼命地寻找那个女服务员,但是那人早已不见踪影。

这到底是怎么回事? 自己竟然被对方用如此巧妙的手段骗去了两百万日元!

显然,对方还想敲诈更多的钱,但是文代再也经不起这种敲诈了,就是这两百万日元也是她好不容易才凑齐的。

如果对方把底片给我的话……我该怎么办……文代急得一筹莫展。

这时,她突然感到似乎有人在对面的座位上落座,抬头一看,不由得大吃一惊。

"你不就是那个女警察吗?"

"对,我是香月。"

"你怎么会到这儿来呢?"

"我是跟在良子小姐的后面过来的。"

"良子?"

"是呀,良子小姐好像是在跟踪你。"弓江不慌不忙地说道,"我还看到和良子小姐一起来的是崎先生的女儿由美和一个看似她男朋友的青年男子,他们是开着一辆红色轿车过来的。"

"红色的轿车?"文代有些惊讶地反问道。

"到底发生了什么事? 看来你是被人敲诈了。"

面对着弓江直言不讳的说法,文代心想只能实话实说了。

稍思片刻后,她终于期期艾艾地开了腔:"事情是这样的……"文

117

代从自己和田崎的关系开始把经过的情况说了一遍，最后痛心地说道："我真傻啊……"

弓江听了义愤填膺，"真是怪事，到现在还有人敢拿过去的照片进行敲诈。你能让我看看那张照片吗？"

"可以……"

文代红着脸，从皮包里拿出那张照片。

弓江从口袋里拿出一只放大镜，细细地察看着那张照片。最后胸有成竹地说道："从照片上看，那个女人就是你，那个男人嘛……"

"难道不是田崎吗？"文代着急地问道。

"是田崎，只是脸部表情有些怪异。"

文代不明就里地看着弓江。

弓江解释道："只要仔细察看照片就能明白，田崎的脸不是照片里原有的，是有人故意从其他照片中移植过去的。"

"那么说……"

"一定是有人从田崎的照片中移取了他的脸，然后合成了现在的这张照片。虽然做得非常巧妙，但也有明显的破绽，一看就能明白。"

文代像只泄了气的皮球，只是一味地叹气。

弓江怒道："真是个可恶的家伙，竟然采用这种卑鄙下流的手段。不过，如果对方没有你和谁一起睡觉的照片，他也无法结合成这种照片，你有这方面的线索吗？"

"线索？……"

文代一时想不起来。她长久未和男人同居，偶一为之的男人确实很少。对了，最近只和江田幽会过，会不会是江田？难道真是江田吗？

"有线索吗？"

"嗯，我想起一个人，多半是……对，一定是他干的！"

文代想起自己在照片上的形象，那发型只有最近才流行。哎呀，我真傻,早该想到这一点。

于是,她横下一条心,干脆和盘托出,"我想可能是江田干的,他是我在最近的一次派对上认识的青年男子……"

"你说的是江田吗?"

"是的。他长得高大英俊,待女人很温柔。那时我正感到寂寞,一时鬼迷心窍,就上了他的当。"

文代说到此,突然若有所悟地反问弓江:"你刚才说良子他们是乘着红色轿车来的? 我记得江田也有一辆红色的轿车。"

弓江猛然站起身来,"如果江田是敲诈你的罪犯,由美也可能是他的同伙,那良子小姐就有危险了。"

"良子去哪儿了?"

"现在还不清楚,你还是先回家去吧。"弓江说道,"有事打我的电话。剩下的事情交给我来处理好了。"

未等文代回答,弓江匆匆地离开了咖啡馆。

文代呆呆地坐在座位上。

该死的江田! 我怎么尽做傻事啊……

"良子! ……"

文代猛然大叫一声,心急火燎地付了饮料费后,立刻冲出茶馆,离开了那座歌舞升平的购物中心……

17 打击

"你为什么要这么做?"一个人这样问道,"要是再这样下去……"

这是谁在说话? 俱子疑惑地想着。

我到底怎么啦?

难道是在做梦吗？不对，现在身上很痛。

随着知觉的逐渐恢复，俱子明白自己正躺在冰冷的地上。她想挪动一下四肢，但手脚就是不听使唤。

"哦，看来你已经有感觉了。"耳边清晰地响起了一个男人的声音，"这种感觉舒服吗？"

俱子终于感到自己被缚住了手脚，同时也想起造成这种结果的直接原因。

"武田！"躺在地上的俱子抬起头对那个男人大声问道，"这件事是你干的？"

武田耸耸肩，"这是你自己造成的。我按照你的愿望，除去了山仲部长，可你又要向山仲的遗孀告发我，究竟安的什么心？"

回忆的思路越来越清晰。那天夜晚，俱子给山仲的遗孀打了电话，说有重要的话要说，然后直接去了山仲的家。

就在她站在山仲家的门口，准备按响门铃的时候，突然有人从身后给她头部蒙上一块浸透着迷药的黑布，俱子顿时失去了知觉……

"武田，你为什么要用这种卑鄙的手段对付我？"

"因为我不这样做，你就会给我们带来种种的麻烦。我更是首当其害。"

武田在俱子的身边蹲下来，继续说道："你根据崎先生的指示，对部长的领带别针念了咒语。如果你把这事告诉他的遗孀，那就糟了。"

"那你又干了什么？为什么他在临死前会说出'马追来了'这样的话？"

"我只不过在部长喝的茶水里放入少量的致幻剂，使他一时产生了各种幻觉和幻听的现象。然后又在现场播放了马蹄的录音，取得了极佳的效果。"

说到此，武田忍不住笑出声来，"不过，部长和卡车相撞确实是偶然的事故……"

"你为什么要做这种事？"

"何必这样问我，你不也恨部长吗？"

"恨是恨，但我想的和你完全不同。"

"现在已经晚了，再后悔也来不及了。"武田摇头道。

"是啊，现在确实已经晚了！"后面突然传来另一个男人的声音。

俱子翻转身体，朝说话的方向看去，只见崎正坐在一把椅子上。

崎冷冷地说道："我设法满足了你的愿望，你当然也要付出报酬。"

俱子浑身战栗着，他到底想干什么？

崎发出了魔鬼般的声音："你和部长本是一对情人，现在部长死了，你承受不住打击应该随之而去。这就是我要的报酬。如果你不喜欢痛苦地死，也可以吃我的药。"

俱子的脸色煞白，她不由得想起了弓江的忠告。

啊，我做了多大的蠢事！

"难道你还不想去死吗？"武田在一旁狐假虎威地帮腔，"先生的话你没听见吗？"

"少废话！"崎声色俱厉地说道，"这儿有各种药品，都是特效的麻醉药。"

俱子惊恐地睁大眼睛。

崎得意洋洋地继续说下去："让你中毒很容易。如果想吃药，我立刻可以成全你。"

"不要！不要！你不能这样待我！"俱子声嘶力竭地大喊大叫。

崎冷笑一声，"你也还有力气嘛。没关系，越有力气，我的药效越快！"

这时，突然传来一阵敲门声。

崎对武田命令道："快去看看是谁来了。"

武田一开门，看见由美正站在门口。

崎问："有什么事吗？"

"整整两百万日元，全都拿来了！"由美说着，把那只装着二百万日元的纸包放在桌子上，"我们还想再敲诈她三百万日元，然后逼她自杀，或者和女儿一起为田崎殉情……"

"这个主意倒很有趣。"崎笑道，"那个收钱的小女孩也和你一样，吃了我的药后，按照我说的话办事，特别可爱。江田现在在干什么？"

"他给您带来了一件礼物。"

由美说着退到一边，江田肩扛着良子走了进来。

江田对崎说道："她好像看到我开车把她母亲送回家的情景。"

"所以我就说那辆红色轿车太显眼了。"崎露出不快的神色。

"我们发觉她已经起了疑心，就设法把她麻醉了带回来。这样就再也没有大的障碍了。"江田说着就把良子放在旁边的沙发上。

"你们……"俱子挣扎着想站起来，她愤怒地质问，"你们究竟想干什么？"

"我是那些有烦恼的孩子最信任的谈心大师。"崎慢悠悠地摇着头，"那些孩子很诚实，对自己信任的大师什么都愿意诉说。"

"是啊，像这种父亲行为不端、母亲又有年轻情人的女孩子是最合适的敲诈对象。"由美舒服地点起一支烟来。

崎得意地笑道："还有的女学生跑来对我说学校的老师最近好不容易才有了孩子，为我们提供了极有价值的线索，这说明我的直觉还是很灵敏的吧？"

"是啊，是啊，爸爸确实是个了不起的天才。"由美靠在崎的身边，一手搭在崎的肩头，"爸爸还是施行催眠术的大师呢。"

听到"催眠术"三个字，俱子感到毛骨悚然，她立刻想起了弓江的遭遇。

崎对弓江也施行过催眠术……要是我能及早阻止就好了。现在一切都为时太晚了。

崎又说道："来找我倾诉的人中间,也有些人深受良心的谴责。当然,武田不在此列。你说对吗?"

武田慌忙应答："是的。"

"你这么卖力地为我办事,还不是看中我的幸福馆事务局长的位子?"

武田咧嘴一笑,"请务必让我试试吧。"

崎点点头,"我知道你会这样说的。不过,你要想清楚,如果背叛了我,你就和前任吉川一同样的下场。"

"您是说那个跳楼自杀的人吗?"

"是的……他的确很优秀,就是不堪承受工作的压力,向我提出辞呈。我就故意把他的手表藏起来,命令他去寻找,并暗示那只手表可能在正在施工的那栋大楼里。不知内情的吉川一前往那儿搜寻,结果坠楼而死。"

"那时可真危险哪。"由美插嘴道,"吉川一的身上带着手枪,我真担心他会开枪袭击爸爸。"

"是啊。不过,对武田就不要这么担心了。"

"请您务必相信我。"武田对崎谦卑地低下头,"我目睹了部长被幻影吓得发抖的熊样,所以坚信没有比这更快乐的工作了。"

崎笑道:"你确实具备罪犯的素质。"

他又问由美,"你打算怎么处置这个女人和那个女孩?"

由美发出一声冷酷的怪笑,"先把良子当作人质扣起来,通过她再诈取她母亲的钱。我绝不让良子活着回去。"

崎连连点头,"你的想法很好,就这么办吧。江田,这都是你开那辆红色轿车惹的祸,你就好事做到底,把她们母女俩一块收拾了。"

"遵命。"江田淫邪地笑道,"她的母亲还非常相信我,让我再尝尝那个女人的味道也好。"

"对不起……"武田忍不住插嘴道,"我的愿望能实现吗?"

"啊,没问题。"崎肯定地回答,"祝贺你成为我的事务局长。如果你真的喜欢就给我好好干!"

"谢谢您的栽培!"武田谄媚地笑道。

这时,他看到俱子的眼中闪着异样的光芒,知道这个女人正试图站起身来。

武田一声怒吼:"不要白费劲了,还是赶快咬舌自尽吧!"

"不着急,慢慢来吧。"崎站起身来,"我们都去那个房间。江田,你把那个女孩背过来。"

"是!"江田一把背起良子,跟在崎和由美的后面走进最里面的房间。

俱子依然被紧缚住手脚,和武田一起留在原地。

"好吧,这就开始了!"武田慢慢地走近俱子。

俱子睁大眼睛,怒视着。

武田轻轻一笑,"我不是那种人,你也不要这样看,我不会对你动粗的,听明白没有? 那个江田是个杀手,除了杀人什么都不懂。唔,我看你最好还是打针吧。"

武田从上衣口袋里掏出一只金属盒子,"就用这个好了,我想你不会反对的。"

接着,他啪地一下打开金属盒,从中拿出注射器,装上闪着寒光的针头……

俱子惊恐地看着武田。

"反抗是没用的。只要注射了这种药,你就快乐登仙了。当然,如果你答应老老实实听我的话,我就不会给你打针,让你当我的情妇。"

"这种事……"

"怎么样? 到底选哪一种?"

俱子拼命地往后退,但她的身体很快就碰到了墙壁,已经再无退路了。

"哎,没办法,你还是打针吧。"武田拿着注射器一步步逼近俱子。

"不要,不要!"俱子拼命地叫喊。

武田冷眼看着试图翻身躲避的俱子,毫不留情地对着她的腹部猛踹一脚。

俱子顿时蜷曲着身体,发出痛苦的呻吟。

"你这个不知好歹的女人!"武田谩骂着蹲下身子,"不要再作无谓的反抗,打了一针,你就彻底解脱了!"

"拜托了,我不要……"俱子的声音细若蚊蚋,"我听你的话……拜托了……"

"真的吗?"

"是真的,我愿意按你的话去做……拜托了……"

俱子轻轻地哭泣着,武田淫邪地笑了,"好吧,一开始答应不就好了吗?那我就不给你打针了。"

武田把注射器放入金属盒里,一只手伸进俱子的内衣,放肆地揉搓着她的乳房,俱子闭上眼睛痛苦地紧咬着嘴唇。

"唔,你躺在地上确实有点难受。"武田一把拖起俱子,把她放在沙发上。

"请你把绳子……解开……"俱子无力地说道。

"不行,不行,我现在还不能完全相信你。"武田狡猾地说道,"你明白吗?我很早就喜欢上了你。给部长当情妇实在太可惜了。"

武田让俱子横躺在沙发上,解开她脚上的绳索,"宝贝,只要听我的话,让我舒服后再解开你手上的绳索。"

武田脱下上衣,放在旁边的椅子上,然后赤裸着上身趴在俱子的身上。

"你的上衣……"俱子气息微弱地说道。

"什么?!"

"你的上衣掉在地上了。"

"是吗？"武田爬起身，朝椅子的方向看去。

这时，俱子趁机两脚一蹬，用力踢向武田的下身。

武田惨叫一声，脸色通红地蹲下了身子。

快！快！俱子奋力起身就跑。

"混蛋！"武田咆哮着站起身来。

俱子背过身去，用还被绑着的手艰难地旋转门把手，开门而逃。

"嗨嗨，没想到我从前面巡逻过来正巧碰上了。"门口突然出现了江田的身影，他得意地笑道，"俱子，真遗憾，你还是乖乖地认命吧。"

"快抓住这个臭女人！"武田拖着木屐气急败坏地追上来。

俱子深知等待自己的命运，这是她把山仲置于死地的代价。于是，她闭上眼睛，主动地将自身送向江田的刀刃，那把尖刀在刹那间刺入了俱子的腹部……

"嗨，你这是干什么？"

江田惊慌地瞪大了眼睛，俱子在顷刻间倒在了地上。

"真是个泼妇！"江田惊魂未定地叫道。

"出了什么事？"崎闻声赶来，看了一眼横躺在地上的俱子，"是你把她杀了？"

"是她主动冲上来的。"江田呆呆地回答，"我也不知道她到底为什么。"

"不能让血流得满地都是，赶快把她处理了！"

"要不要把她从窗口扔下去？"由美平静地问道，"她好像还活着。"

"可是……"江田依然苦着脸不知所措。

这时，楼层的灯光突然大亮。

"不许动！"随着一声怒喝，大谷拿着手枪冲了进来。

"快跟我走！"崎一把拉着由美躲进了谈心室的深处。

江田慌忙把刀投向大谷,大谷敏捷地低头躲过,并果断地朝江田的大腿开了一枪。

砰,江田在枪声中倒在地上,发出了痛苦的惨叫。

"不要开枪!"武田高举双手,"我什么都不知道!"

弓江迅速地赶到现场,对大谷叫道:"警长!"

"这儿就交给你了!"大谷说完头也不回地朝里面冲去。这儿虽然是幸福馆的内部,但在谈心室的深处还有好几个房间。

"俱子!"

弓江一眼看到倒在血泊中的俱子,顿时变了脸色。她立即给江田铐上手铐,然后一把抱起了俱子,"我马上去叫救护车,你要挺住啊……"

就在弓江为俱子的伤口缠上纱布的时候,武田悄悄地准备溜走。

弓江只关心着俱子的伤情,并没有注意到武田的动静。武田蹑手蹑脚地逃到了楼梯口。

"嗨!"突然传来一声怒喝,紧接着,武田哇的一声惊叫,顺着楼梯滚了下去……

大谷母亲悠然自得地出现在现场,弓江惊奇地瞪大了眼睛。

"刚才有一个罪犯要逃走,你可不能放过他。"大谷母亲说着,关切地问弓江,"你受伤没有?"

弓江急急地说道:"你能代我照看一下吗?我得马上去叫救护车来。"

"好的,这儿就交给我吧!"

大谷母亲确实胆识过人,面对着血淋淋的现场没有半点惊慌。她平静地问弓江,"躺在那边叫唤的是谁?"

"是罪犯。"

"那就不能放过他。你快去吧!"

"谢谢伯母!"

弓江迅速地通过楼梯往下跑去,中途一脚踢开了倒在楼梯转弯处不能动弹的武田。此时,她心里充满着信心,感到这场战斗已经稳操胜券了……

18 抵抗

圆珠笔……眼镜……正当防卫……

这是谁说的?这个人是谁?为什么要对我说这种话?

我想不起来,实在想不起来。

"香月!"

有人深情地叫着,轻轻地摇着她的肩膀。

弓江睁开眼睛,惊喜地叫了声"警长!",她艰难地挺起腰,问道:"俱子怎样了?"

"她已经脱离了危险。"

弓江终于松了一口气,把手放在胸口上,放心地说道:"那太好了……俱子!"

已经到了早晨,医院里的护士们正在来来回回地忙碌着。

"警长,对不起,刚才我不知不觉地睡着了。"

"那没关系,你昨晚昏过去了,真吓人。"大谷轻轻地拍着弓江的肩膀,"现在好了,我马上送你回家。"

"俱子能说话吗?"

"不能,她还没有恢复意识。"大谷摇摇头,"等她清醒了我立刻给你打电话。"

"那好。"

"走吧!"大谷催促道。

"警长,伯母怎么样了?"

"已经先回家了,她的衣服上沾了很多的血。"

"是吗？托伯母的照顾,俱子出了那么多的血也没死。"

"那是你的功劳。"

"不,是伯母做得好。"

大谷稍稍一用力,抱起了弓江。

走出医院,弓江在阳光的照射下,眯起了眼睛。虽然早晨的阳光并不强烈,但对于现在的弓江来说,犹如沐浴在阳光明媚的春风里,浑身充满着温暖……

"可惜,昨天让崎这个老贼逃走了!"大谷一边走,一边对弓江说,"如果能等到警视厅的援兵过来再动手就好了。"

弓江摇摇头,"要是这样的话,俱子就必死无疑了。我相信这家伙绝对逃不掉!"

"你说得对!"大谷微笑道,"通过对江田的审讯,我们已经掌握了许多内幕机密。"

"旬子是怎么死的?"

大谷的脸色十分凝重,"江田承认是他绞杀了旬子。"

弓江闭上眼睛,痛苦地发出一声长叹。

多么可怜的旬子,她当时为什么不向我们呼救呢?

"田崎建介的死也和江田有关。他在田崎死之前,偷偷地把田崎的常用药换成增加心脏负担的安眠药。结果,毫不知情的田崎把这种药和酒一起吞服下去,又跳了动作激烈的迪斯科,终于导致了猝死。此外,吉川一的死也是崎通过催眠术造成的,他们使用的方法和对付仓林文代的如出一辙。也是在吉川一和其他女人睡觉的照片上偷偷植入那个老师夫人的脸,并故意使男人的脸部模糊不清。然后就是用这样的合成照来威胁、敲诈那个老师。吉川一对他们这种卑劣的手法极为不满,最后不幸中了崎的暗算,在催眠术的作用下坠楼身亡。"

听了大谷的一席话,弓江的心情格外沉重,但又忍不住好奇地问道:"山仲的死是怎么回事?"

"武田已经交代了,这事完全是他一手策划的,他真是个十恶不赦的坏家伙。"

"我真想再踢他一脚!"弓江气愤地说道。

"你也很机敏,偶然看见仓林良子乘上那辆可疑的红色轿车后就悄悄地尾随而行,摸清了他们的行踪,这样做很好,要是明目张胆地跟踪反而会打草惊蛇。"说到此,大谷对着弓江灿烂一笑,"由于你的建议十分及时,我们终于取得了成功。课长也十分高兴。"

"哪有你讲的那么好?"弓江娇嗔道。

其实,她的心情还是很沉重。如果当时在幸福馆所在大楼的四周布置得周到些,崎等罪犯就无法逃跑,要是能更早进入现场,俱子也许不会身负重伤。

弓江又关切地发问:"良子已回家了吗?"

"她只是惊吓过度而已。在医院观察了一段时间后,已被她妈妈带回家了,她们母女俩是手牵着手回家的。"

"那好啊……不过,良子已经知道她母亲的事了吗?"

"你是说她母亲和田崎的事?良子知道了。事情已经过去,她们都不愿意再提起往昔的伤痛了。"

大谷问弓江:"你说说,回家后要不要来点可口的点心?"

"不要了……我只想在家里再睡一会儿。"

"那好,你就在家里好好休息吧。"

弓江含笑道:"你走之前,能不能给我一个吻?"

大谷毫不犹豫地迎了上去,他当然不会拒绝这种甜蜜的请求。

弓江进入自己的家后,感到格外疲乏。也许俱子获救的消息使她终于松了口气,随之而来的浓浓睡意使她两眼睁不开了。

原准备回家后洗个澡,然后再好好地睡一觉。但是,她现在浑身软绵绵的,没有一点力气。

弓江赶紧上床钻进被窝,不多一会儿,就昏昏沉沉地闭上了眼睛……

她做了个梦,大概是在非醒非睡的状态。

梦中,大谷母亲把弓江的圆珠笔投入火中,圆珠笔在火焰里迅速地变形、熔化……

弓江感到呼吸困难,似乎一块大石头压在胸口,喘不过气来。

"你有争取幸福的权利!"

是谁? 是谁对我这样说的?

"必须去除障碍……"

对,只有去除了障碍,我才能获得幸福。我有争取幸福的权利……

突然,她感到呼吸顺畅了,仿佛走出了黑暗的隧道,眼前一片光明。于是,又出现了一对幸福伴侣的形象。

那个年轻女郎是谁? 是我吗? 对,就是我! 啊,多么幸福的一对!

两个相爱的人在一起,只有两个人的世界!

如果不是两个人,中间还加上一个人,那就不会幸福。的确如此!

"幸福要通过自己的努力才能得到。"

对极了,就是这个道理! 如果什么都不做,永远得不到幸福。

"不要犹豫,这是正当防卫。现在你的对手正要杀害你,在她动手之前必须先消灭她!"

正当防卫——这是我拥有的权利。弓江慢慢地起了床。

没有大梦初醒的感觉,她现在才注意到刚才一直没有真正入睡。弓江使劲地摇晃着头。

我刚才是怎么啦？现在必须去警长那儿。

对,我必须对警长坦承自己的一切。

弓江开始着手出门前的打扮。她坐在镜子面前,精心地梳理着自己的秀发。

啊,你真是个美人胚子,长得那么可爱!

弓江不由得对着镜子里的形象暗自赞美道。

虽然你那么可爱,却没有得到应有的幸福,这不是咄咄怪事吗?

弓江梳妆完毕,准备出门。她习惯地打开坤包,发现那副眼镜还安然地放在里面。有了它,我就能得到幸福。

弓江舒心地微微一笑,然后步履轻盈地走出了家门。

转眼间就到了大谷的家。

今天真是个神清气爽、阳光灿烂的好日子,弓江就像出去野餐的少女那样,充满着愉悦的心情。

"是谁?"大谷闻声打开了房门,"你怎么来了? 快请进吧!"

弓江有些羞涩地说道:"对不起,我不打招呼就来了。"

"说什么哪,今天妈妈做了许多好吃的菜,要不要一起吃一点?"

弓江笑道:"那好呀,我肚子正饿得咕咕叫呢。"

"努儿,你在和谁说话?"大谷母亲说着从厨房里面走出来,"啊,弓江,是你呀。"

"伯母,对不起,我又来打搅了。"

"你倒是真的打搅了,努儿正要吃饭呢。"

"妈妈!"

"我只是开个玩笑嘛。弓江,你能到厨房来帮忙吗?"

"没问题。"弓江把坤包放在客厅里,然后高高兴兴地进厨房帮厨。

大谷母亲系着烧菜的围裙,絮絮叨叨地说道:"你帮我把色拉盛在盘子里,我正在煮意大利通心面,腾不出手来。"

"好的。让我把手洗洗。"

"行。"

弓江走到水龙头边上,搽了肥皂,细心地洗起手来。

尽管洗了多遍,她总感到没有洗掉手上曾经沾上过的血污。弓江暗自纳罕:这是为什么？难道我是莎士比亚悲剧中的"麦克白"吗？怎么会突然冒出这样的想法呢？

弓江的目光无意间落在沥水的架子上,看到了一把锐利的、闪闪发光的菜刀。

这样的刀光,与其说是灯光的反射,毋宁说是其自身发出的光芒。

"把我握在手里吧！"那把刀似乎在急切地呼唤着弓江。

刹那间,弓江感到一阵轻微的眩晕,甚至连整个身子都有点摇晃。

我必须拿起那把菜刀,否则不又要受到那个老太婆的数落了吗？

"弓江,你还是不行！"

"你仍然不会烧饭做菜,不是努儿合适的对象……"

不,我不能让这种事发生！

弓江这样想着,伸手抓起那把菜刀,偷偷地藏在身后。

"你用这只碗,盛一份自己吃的通心面吧。"大谷母亲一边煮着通心面,一边说道。

"好的。"弓江说着走到料理台的前面。

大锅里正咕嘟咕嘟地响着面汤沸腾的声音。大谷母亲的后背就近在眼前。

这是可恨的对手的后背,是妨碍我幸福的那个老太婆的后背！

现在要做的事很简单,只要手握着菜刀,用劲刺入她的后背就行了。于是,那个可爱的男人就是我的了。我和我爱的男人从此过上了幸福的生活。

我们将不离不弃,幸福地相守一生……

想到此,弓江反手握着菜刀,慢慢地靠近大谷的母亲。

落幕了！落幕了……

这是我盼望已久的最好结局。

大谷母亲不停地搅动着锅里的通心面。也许是面汤沸腾的原因,她还不时"呼呼"地吹着水汽。

现在就要让你停止呼吸了,我亲爱的未来的婆婆!

落幕了！落幕了……

如果你的心脏本身就脆弱,那么就会在刹那间停止跳动,什么痛苦也没有。而我,则一头扑进我心爱的男人怀里……

弓江紧张到了极点,只感到全身变硬,手里的那把菜刀也在不住地颤动。

她狠狠心,终于慢慢地举起了菜刀……

"努儿!"厨房里突然响起母亲凄厉的叫声。

"什么事？妈妈!"大谷闻声从客厅里冲出来。当他走进厨房,眼前的一幕把他惊呆了。

弓江踉踉跄跄地用手抓住料理台的一角,她的胸肋部位被刺开了一个很深的伤口,大量的鲜血正汩汩不停地冒出来……

"咣当"一声,那把菜刀掉在了地上。

"这究竟是怎么回事?!"大谷赶紧上去一把扶住弓江。

"弓江用刀刺伤了自己,是她自己……"大谷母亲惊慌得有些语无伦次。

"我被人施加了催眠术……"弓江艰难地说道。

"什么?"

"那人要我刺杀伯母,我拼命抵抗,为了破解这种催眠术,我只能这样做了……"

"香月,你得挺住啊!"

"努儿,快去叫救护车!

"警长,崎和他的同伙一定就在附近,离这儿很近……"

就在这时,门外突然传来急促的跑步声。

大谷大吼一声:"一定就是这个家伙!"他猛地冲出厨房,夺门而去……

大谷母亲急忙说道:"弓江,你要挺住!"

"对不起,我……"

"不要说话,没事的,你放心好了。"大谷母亲扶着弓江就地躺下,慈爱地安慰道:"你要挺住哟,医生马上就来了。"

"伯母……"

"你不会死的,我绝不能失去你这个吵架的对手。"

这时,公寓的大门外传来轿车轮胎刺耳的摩擦声,紧接着,又传来一阵"轰!轰!"的爆炸声……

"警长……怎么啦?伯母,您快去看看,警长去了什么地方?"

"不要紧的,我的儿子在哪儿我清楚!"大谷母亲镇定自若地说道。

没过一会儿,大谷跑回家里,急急地问道:"香月的情况还好吗?救护车已经来了!"

"警长,刚才外面响的是什么声音?"

"崎和他的同伙慌慌张张开车逃跑,正巧撞上了一辆拖车,引发了车内汽油燃烧的大火……看来他们都没救了。"

"那么……"

"你不要说了,反正一切都结束了。"大谷肯定地说道。

"不,还没有结束!"大谷的母亲断然否定。

"妈妈!"

"在弓江治愈之前这事还不算完。我说得不对吗？"

大谷若有所悟地漾起了微笑，"救护车就停在公寓的大门口，快走吧！"

他迅速地抱起弓江走出厨房……

"我的心情很好……哎，多谢你的关心。明天晚上比较忙，就不能参加了，实在对不起，反正以后有的是机会。"

仓林文代挂上电话后，对良子不满地说道："良子！你吓我一跳，怎么可以偷听大人的电话？！"

"我只不过听了几句，"良子有些羞怯地回答，"刚才的电话是谁打来的？"

"是一个有业务来往的老朋友打来的。好了，不说这个，晚饭已经准备好了，你去把碗盘拿来。"

"那好吧。妈妈，你明天有什么约会啊？"良子一边从碗橱里拿出碗盘一边问。

"没有什么约会，你怎么会问起这事？"

"你不是刚才向对方说明天晚上有点忙吗？"

"哦，那不过是我拒绝的借口罢了。我不想对他明说不愿意约会。"

"那个人有老婆吗？"

"嗯，他过去有老婆，后来老婆亡故了，现在是独身。"

"那么说他是个十分讨厌的家伙啰？"

"不是，他待人很好，特别有绅士风度。"

"噢……"良子点点头。

"你想说什么？"

"没什么。"良子使劲地摇摇头。

"你越来越不听话了，是不是想让我好好教训你一下。"文代气恼地说着,顺手按下了微波炉的按钮。

"妈妈,微波炉里没有东西。"

"糟了!"文代涨红着脸,慌忙关了微波炉的开关,"你刚才尽说怪话,把我气糊涂了。"

"这不是我的错!"良子态度坚决地说道,"我不希望妈妈为了我,眼睁睁地让一个好男人从身边溜走。"

"良子!"

"和一个喜欢自己的男人吃饭约会没什么不好。看到妈妈年轻漂亮我心里高兴,真的不想让你整天围着我转。"

"你说什么哪? 照顾你是我的责任!"

文代理直气壮地说着,没想到女儿又出了一个新的主意,"妈妈,你去打个电话吧。"

"什么?""就打电话给那个人。他不是还在公司里吗?"

文代疑惑地看着女儿,喃喃自语道:"不过……说不定他已经和其他人有约会了。"

"是啊,他也许会和其他女人约会。妈妈,你再不打电话就来不及了!"

文代犹豫了一会儿,终于鼓起勇气拿起了电话话筒。

"喂! 喂! ……我是仓林文代,刚才对你说明晚有点忙……主要是女儿学校开家长会,要晚点回来, ……如果你不介意的话……我可以过来……"

良子听着妈妈的电话,得意地笑道,"又拿我的事当借口,以后再不需要妈妈来纠缠我了……"

我就这样躺着……

弓江躺在医院的病床上,呆呆地凝望着病房的天花板。

伤口还在疼痛,但已不是致命的大事,只要能熬过这般痛苦,也许很快就能康复出院了。

不过，弓江还是感到十分痛苦。

虽然在最后的关头，通过自残进行拼死的抵抗，但那个叫崎的家伙还是巧妙地在她的心中留下一片阴影。

在弓江的潜意识中，确实留存着"杀死大谷母亲"的冲动。这对她来说，无疑是个沉重的打击。

如果抱着这样的心态，还能在大谷的手下安心工作吗？出院后，也许应该适时地提出调换工作的请求。如此一来，就再也不会和大谷相处了。

病房的门开了，大谷走了进来。

"警长！"

"你能起床了吗？"大谷一进来就关切地问道。

弓江看了看正在睡眠的其他病人，小声说道："现在已经过了探望病人的时间。"

"这没关系，我是来找你商谈工作的。"大谷说着就坐在病床边的一把椅子上，然后弯下身子给了弓江一个热吻。"怎么样？你可不许消极怠慢哟。"

"你不是说要商谈工作的事吗？"

"是啊。如果你不早日康复，就会影响我们逮捕罪犯，所以尽早让你恢复健康是当前最主要的工作。"

"真是油嘴滑舌！"弓江舒心地露出笑颜。

"你这样笑不要紧吧？当心伤口又会痛了。"

"请你不要再说了"，弓江正色地说道，"崎的情况都搞清楚了吗？"

"唔，目前只知道他的本名叫咲坂严，职业为催眠术师。曾在二十年前一度失踪，详细情况不清楚。据说他在进行催眠治疗实验中，专门以青少年女学生为对象，行为不端，道德败坏，受到了行业除名的处分。"

"原来如此！"

"后来他又开了这家幸福馆，为了赚黑心钱，不惜在治疗中大量使用麻醉毒品，而且在这泥沼里越陷越深，危害更烈。"

"是吗？"弓江瞪大着眼睛，似乎想起了什么，"警长，你确认崎和他的女儿由美都死了吗？"

大谷缓缓地回答："崎确实死了，这点没有疑义。我们从烧毁的轿车里找到了他那烧焦的尸体，并采集了指纹得到确认。至于由美嘛……我想她应该也死了。"

"那个收取仓林文代巨额金钱的女孩找到了吗？"

"还没有，目前正在加紧搜查，困难的是我们谁都没见过她，而且仓林文代也一时想不起她容貌的特征。"

"是啊……"

大谷宽慰道："你也太多虑了，如果那个女孩也和崎一起乘车前来作案，不就一起报销了吗？"

这时病房的门突然开了。一个女护士偏着脸，穿着拖鞋"吧嗒吧嗒"地走了过来。

护士怎么会穿着拖鞋进来？警觉的弓江大叫一声"警长，危险！"，随即从床上一跃而起扑在大谷身上。

那个女护士一把扔掉了头上戴的帽子——来者正是由美！

由美拿着手枪，她的手正扣着扳机。

大谷一脚踢翻所坐的椅子，抱着弓江趁势倒在地上。

就在由美一愣的时候，大谷敏捷地拔出手枪。

"砰！"病房里响起了尖利的枪声。

由美一手捂着肩部，跟跟跄跄地走了几步，手里的枪也"咚"地一下掉在地上。

"混蛋！"由美狂叫一声，整个脸形变得十分狞恶，"我诅咒你们下地狱！"她恶狠狠地说了一句，转身对着正面的窗口冲去……

就在这一瞬间,窗玻璃碎了,由美的身影倏忽间消失了。

这儿正是五楼。大谷急忙奔向窗口。弓江也忍着伤痛紧跟而上。

"由美就倒在地上,"大谷轻轻地说道,"看来已经没救了!"

"警长!"

大谷感动地谢道:"多亏你救了我。"

"你说什么哪?"弓江撅起了小嘴,深情地拥抱着大谷。从今以后,再也不想离开他了,绝不!

"你们俩在干什么?"

忽听得身后传来一个老人的话音。两人回头一看,发现大谷母亲正呆呆地站在他们身后。

"伯母,刚才……"弓江慌乱地说道。

"你怎么不躺在床上睡觉?!还要站在开着的窗口边上,这不是成心要得感冒吗?你这样就会延长住院的时间,也会让努儿更分心,我绝不允许!"

"是,我听伯母的。"弓江艰难地迈着步子。

看来她的伤口又出血了。大谷急忙冲出病房去找医生。

"不要紧,快抓住我的手!"大谷母亲心疼地对弓江说道。

"伯母……真对不起!"

弓江在大谷母亲的搀扶下走到床边,慢慢地躺下来。她的肋部伤口又开始不停地涌出鲜血……

"弓江!"大谷母亲亲切地安慰道,"伤口痛的时候必须忍住,要想想王子很快就会骑着白马来迎接你。"

"你是说王子吗?……"

"是啊。不过,王妃应该守在王子的身边才对呀。"

弓江笑了。尽管伤口很痛,但她还是紧握着大谷母亲的手开心地笑了。

这时,医院的医生和护士紧随着大谷快步走进了病房……

疑案重重

（日）西村京太郎

第一章　换乘车站

警视厅搜查一课的三田村警官正陷于热恋之中。

照理说,一个年轻的独身男子谈婚论嫁并不奇怪,但他现在却碰到了一件烦心事:恋人本桥久美的父亲正在监狱里服刑,而且是杀人重罪,被判了八年徒刑。

初恋时,久美并没有告知父亲的隐情,当两人恋爱了八个月后,三田村正准备向上级提出结婚申请时,久美突然提出了父亲的问题。

听到这个消息后,三田村顿时愣住了。脑海中不由得浮现出本多课长和三上部长不悦的表情,估计他们多半会反对这桩婚事。久美见三田村沉默不语,豁达地表示理解其中的难处,但要求他请三天假陪同去家乡南纪旅游一次,三田村感情复杂地接受了久美的要求。

十一月二十四日,两人乘新干线快车从东京去名古屋,然后换乘近铁志摩线的列车朝贤岛方向驶去。

一路上,久美显得格外开心,三田村的心中却百味杂陈。这是两人最后一次的告别旅游,也许久美也明知这一点,她的反常表现只不过是掩饰心中的哀愁。

十二点二十六分,列车准点到达贤岛车站。

两人在车站的二楼餐厅用餐时，久美小声地说有人在车站的出口处用异样的眼光看着她。

三田村不以为意地笑了笑，认为久美长得很漂亮，别人多看一眼也很正常。

用完餐，三田村叫了一辆出租车，要求司机带他们去当地的名胜古迹转转，然后再去鸟羽的 S 旅馆。

在司机的引导下，他们先后参观了水族馆和志摩资料馆，那儿的游客寥寥，久美也兴趣索然。她提议驱车去海边看大海。

司机加快车速向海边疾驶，很快就穿过了的矢湾拱型大桥。途经的道路两边一片繁忙景象，一个大型的西班牙度假村正在紧张地施工。正在这时，久美突然大叫一声："啊，黄鼠狼！"司机慌忙紧急刹车，只见一只幼小的黄鼠狼快速地穿行而过。

他们来到了海边的瞭望台。三田村决定在瞭望台餐厅稍事休息。两人在靠着半圆形窗台的餐桌边坐下，慢慢地喝着咖啡。

三田村点起一支烟，问道："你开心吗？"

"唔，你怎么会想问这个？"久美不无深意地反问道。

接着，两人乘车继续沿着海边兜风，直到下午三点半，才尽兴地来到鸟羽的 S 旅馆。

当晚，在 S 旅馆的客房里两人又燃起爱的激情。三田村搂着久美娇小的身躯，决定冒着辞职的风险将爱情进行到底。

第二天一早，他俩匆匆用过早晨，乘着旅馆的面包车直奔鸟羽火车站。这次乘坐的是十点十一分发车的参宫线快车"荣耀 8 号"。这列快车是由两节车厢组成的袖珍列车，不仅速度快，还能在车上打电话。

"荣耀 8 号"快车在十点四十一分到达多气车站。他们要在这儿换乘纪势本线的特快列车。

同车下来的有七八个人，看来都是换乘去纪伊胜浦的"南纪 5

号"的乘客。

多气是个换乘车站,有四个月台,但是服务设施很简陋,只有一个小小的候车室,里面放着一台自动售货机。

三田村带着久美与其他乘客一起进入那个候车室,想到"南纪5号"要过50分钟后才到站,所以又临时改变主意决定到车站外边逛逛。他们在一家简陋的茶馆里喝了一会儿红茶,于十一点三十分慢慢地返回车站。

这时,他们发现那七八个一起下车的乘客仍然老老实实地待在那儿候车。

十一点三十一分,"南纪5号"终于抵达车站。三田村带着久美和其他乘客立即乘上列车。

这时,久美突然发出了"啊"的一声惊叫。

"怎么啦?"三田村不解地问道。

"有一个人不知为什么还等在候车室里。"

三田村透过车窗朝候车室望去,看到里面有一个三十五六岁的男子正低着头坐在长椅上。下一班的特快列车"南纪7号"要过三个小时才能到站,那个人为什么还要傻等着,难道他睡着了吗?三田村满腹狐疑地思忖着。这时,"南纪5号"已经开始启动,车站的月台和候车室很快从视线中消失了……

十三点三十六分,"南纪5号"抵达新宫车站。三田村和久美下车后叫了一辆出租车外出观光。他们观赏了曲折蜿蜒的海岸线,又沿着陡峭的石阶上行,眺望有一百三十三米落差的那智瀑布。接着,他们去参拜熊野那智大社,在那儿求签之后,兴致勃勃地驱车赶到胜浦。

胜浦湾的四周都是高大的宾馆。三田村别出心裁地决定在一家位于海湾岛上的宾馆住宿。于是,两人乘上去海岛宾馆的渡船,迎着凉爽的海风,顺利地抵达宾馆。

晚上六点,两人心满意足地进客房休息。三田村顺手打开电视机,突然被电视中正在播报的新闻吸引住了。

"今天上午十一点左右,国铁多气车站的工作人员西川在特快列车'南纪5号'驶离月台后不久进行例行巡查,发现候车室的长椅上坐着的一名三十岁左右的男子已经气绝身亡。他的后背有刀伤,估计是遇刺而死。目前警方已介入调查,根据死者身上的驾驶证,认定他是家住东京都世田区的土屋悟,今年三十一岁。他的口袋里有一张'南纪5号'的车票。警方认为死者很可能在候车室候车时被刺遇害……"

"啊,就是这个人!"久美忍不住惊叫起来。

"唔,就是那个留在候车室里的人,当时还以为他在打瞌睡,没想到已经被人杀害了。"

三田村这样说着,背后不由得冒出冷汗。转念一想,又感到释然。如果自己在东京,也许会奉命赶到杀人现场的多气车站,但现在自己正在度假,可以不去过问。再说和久美难得有这样一次旅行,不要因为杀人事件破坏了旅途中的甜蜜气氛。

久美看到三田村有些犹豫不决,坚持要他立即和当地的警方联系,向他们提供相关的线索。

久美见义勇为的行为使三田村深受感动,当即向管辖事发地点的三重县松阪警署打了电话。负责破案的长谷部警长大喜过望,约定晚上八点来宾馆找他们调查有关情况。

晚餐后过了五六分钟,三重县的长谷部警长带着年轻的助手来到宾馆。三田村接到服务台打来的访客电话后,立刻和久美一起到大堂和对方见面。

长谷部接过三田村递上的名片,看到对方原来是东京警视厅的警官,不由得惊奇地扬起了双眉,"哦,你就是三田村警官。"

三田村对长谷部讲述了他和久美出来旅游的经过。记性颇佳的

144

久美也详细地补充了那一起候车的八名乘客的情况。她道："有一对中年夫妇，带着一个五岁左右的小孩，还有一对二十岁左右的年轻情侣。两人都穿着斜纹布的工装裤。那个男的上身穿着黑色的皮夹克，女的穿着一件粗织的白色毛衣，手里还提着一件折叠起来的外套。其他三人都是三四十岁的男性，那个受害者就是三人中的一人。"

细心的长谷部问道："你发现受害者和那两个男子是熟人吗？"

久美回答："我看见三人一起说过话，是不是朋友不清楚，也许他们是在旅行中刚认识的。"她进而又描述道，"除受害者外，那两名男子都穿着西服，其中一人还带着一件淡茶色的大衣，大约有四十岁的年纪，身高一米八左右，还挎着一个挎包。另一名男子年约三十岁，身高一米六五左右，有点胖，带着一只鼓鼓的手提包，还在列车里拍过照。"

"你的记性真好，还有什么可提供的线索吗？"长谷部一边赞叹，一边问道。

久美有些羞涩地笑道："我这个人喜欢在旅途中观察同一车内的乘客。对了，记得刚乘上'南纪5号'的时候，那个四十岁的男子对年轻人说了声'喂，上车了'。那个年轻人动作有些迟缓。好像在看着留在候车室里的那个人。我顺着他的眼光看去，发现了这一反常情况，不由得发出了'啊！'的一声惊叫，心想那个男子为什么不乘上这班特快列车呢？"

长谷部饶有兴味地听着久美的描述。征得久美同意后，立即叫警署派专人赶来，根据她的描述画出那两名男子的肖像。

少顷，警署派来了专业人士，在久美的帮助下画出了那两人的肖像。三田村看后不得不惊叹久美的超凡记忆力。在场的三重县警官们也对久美赞叹不已。长谷部笑道："尊夫人的记忆力真是太好了。"其他人也把久美当作三田村的夫人看待。三田村虽然有些羞涩，但没有出面纠正。

第二天,当地的报刊登出一条新闻,标题是:"警视厅警官夫人热心协助调查,超凡的记忆力不可思议。"同时还刊登了三田村和久美的大幅照片。

久美见报后娇笑道:"误会闹大了,我还不是什么夫人。"

三田村不以为然地看了她一眼,"我看这样挺好!"他心想东京的报纸想必也会转载这样的消息,如此一来,自己和久美的关系不就是既成事实了吗?上司们也许就不会再反对了。

报上还刊登了受害人的详细经历:土屋悟君,出身于冈山县,在当地的高中毕业后进入东京 R 大学,而后又在 K 电机公司就职。今年三十岁,任销售三课的系长,热心的上司为他介绍了女朋友,但尚未结婚,至今还保持独身。他热爱旅游,每年外出三四次,喜欢一个人或者和少数几个朋友旅游。他性格内向,但不孤僻,有几个好友,大学时代学过空手道,获二段段位。

两人看了报后,在为受害人叹息之余,决定因这个途中发生的小插曲提前中止旅游,赶回东京开始新的生活。

早餐后,两人乘上宾馆的渡船回到对岸,然后乘出租车去纪伊胜浦车站。由于久美执意要去白浜看看,所以他们乘上了十一点发车的特快列车"黑潮 12 号"。

十二点四十四分,列车到达白浜车站。他们乘上出租车直接前往有着美丽沙滩的白良浜。游玩一番后在那儿用了午餐。接着,又乘出租车去有名的千叠敷和三段壁观光。

来白良浜观光的游客很多,所到之处都有不少人在附近走动。就在两人朝千叠敷的方向眺望大海时,三田村偶然发现有人正注视着他们的举动。严格说来,这不是人的眼光,而是照相机的镜头。由于那个举着相机的男子距离太远,三田村看不清对方的面容,只依稀看到那人好像穿着淡茶色的外套。当三田村也举着相机朝他拍照时,那人慌忙跳下礁岩,消失了身影。久美也发现了那个穿着茶色外套

146

的家伙,她对三田村说来到白良浜后已经多次看到那家伙在跟踪他们。三田村不解地想着这个问题。久美觉得那个人似乎有些面熟,只是一时想不起来。突然,她的头脑中灵光一闪,发觉那个人就是多气车站被害人的同伴,尽管换了装,久美还是记得十分真切。在游览三段壁时,他们又见到了那家伙的身影。三段壁是一个五十米高的绝壁,壁上有电梯可直接上下。由于时间紧迫,他们只能在三段壁上面俯瞰下面的景色。这时,突然又看到那个家伙正从崖下举着相机仰望着他们。三田村见了大为恼怒,决心下去找他问个究竟,谁知刚到地面,那人又消失了踪影。

由于时间紧迫,两人不得不中止观光,匆匆地乘出租车赶去南纪白浜机场。两人乘上十五点五十分起飞的飞机,刚落座时,久美透过舷窗又发出了一声惊叫,"他怎么又来了?!"

三田村皱着眉头赶紧透过舷窗朝外看去,只见在机场迎送的站台上站着那名男子,这次他没有带相机,而是戴着墨镜凝视着这架飞机。三田村知道这是最后一班去东京的飞机。由此断定那人来机场,纯粹是来相送他们而已。

"他为什么要这样做呢?"就在三田村苦苦思索的时候,飞机轰鸣着,滑离了跑道。

第二章　热爱旅游的男子

三田村回到东京后,按照上司十津川警长的指示,配合三重县警方调查多气车站发生的那起凶杀案。和他搭档的是比他大两岁的田中警官。两人首先去被害人就职的 K 电机公司进行调查。接待他们的是被害人的上司、销售三课的课长高桥。他说土屋悟是个热爱旅游的人,平时总是提前一个月向公司提交休假旅游的申请,但这次突然临时请假外出,使课里的工作安排也受到影响。至于与土屋悟同行的两人身份高桥一口咬定不清楚,声言他们不是公司里的人。不过,他也提出了自己的一点疑问,说今年春天土屋悟曾请假一周去过南纪,不知为何这次又旧地重游。为了证实自己所言不虚,又特地拿出土屋悟当时写的请假条给三田村看,还补充说公司里没人和他同行,可能是和外面的旅友结伴外出。

三田村和田中经过仔细核对,确认请假条上的字迹是土屋悟亲笔写的。

接着,他们去土屋悟的住所进行调查。那儿虽然只是面积狭小的一居室,却强烈地反映出主人热爱旅游的信息。屋里放着三台照相机,墙上贴满了各地拍摄的风景照,书架上还有两本厚厚的相册。三田村和田中立刻开始翻阅相册,试图从中找到那两个嫌疑人,但是翻了半天一无所获。相册里没有一张土屋悟今年三月份去南纪旅游的照片,只不过留着一些可疑的空白,似乎被人特意拿走了原先的照片。田中认为这可能是罪犯所为,但三田村不同意他的意见。认为如果真是罪犯作案,完全可以把两本相册带走一烧了之,何必要这样费力呢?所以他的结论是土屋悟自己处理掉的。土屋悟为何要这样做,极可能和今年三月的南纪之行有关,至于他再度去南纪的理由还不清楚。接着,他们在调查来往的信件中发现了一个名叫山口秋子的女人名字,从信中的内容分析,她和土屋悟的关系十分亲密,于是决定找秋子进一步了解情况。

山口秋子的家就在国铁目黑车站附近的一家美容院里,她母亲是美容院的老板。秋子二十五六岁,有着一对大大的眼睛,是个性格爽朗的青年女子。她说是土屋悟的课长介绍两人认识的,但是没过多久就中止了来往,而且是土屋悟主动提出断绝关系的。秋子的说法引起了两人的怀疑,认为秋子长得如此美貌,土屋悟没有理由拒绝来往。况且在土屋悟住所里发现秋子写给他的信件,从内容上看两人的感情很好。既然已经中止了关系,秋子为什么还要主动去信呢。秋子承认信是她写的,但其中有着难言的隐衷。她沉默了半晌,从闺房里拿出一沓信件放在两人的面前。一共有十封信,发信人都写着土屋悟的名字。秋子说土屋悟是个很怪的人,虽然主动提出中止关系,又连续不断地写了十封信来,而且还请求秋子无论如何要给他回信。在这种情况下秋子不得已给他回了信。征得秋子的同意,两人按时间顺序认真阅读了土屋悟的书信。这些信写得很短,却十分耐人寻味。他的每封信都喋喋不休地对秋子说虽然中止了关系,但还是非常爱着你,由于有各种原因,不得不忍痛割爱。并在最后一封信的结尾郑重其事地写道:"请务必和我见一次面,我有你想知道的事情告知。"

三田村饶有兴趣地问秋子:"你和土屋悟见了面吗?"

秋子叹了一口气,"说实话,我本不想见他,对我来说,既然两人已经中止了恋爱关系,还有什么可说的呢?谁知他写了这封信后又接连打电话来,无论如何要和我面谈。我最后同意了他的请求。记得是在今年四月初的一天傍晚,我去了他在电话里说好的位于新宿东口的一家咖啡馆。我们约定六点钟见面,谁知等到六点半还是不见他的人影,我非常生气地离开了。"

田中问道:"事后他有没有给你打来电话表示歉意?"

"没有。"秋子至今余怒未消,"我真不知道土屋悟是个怎样的人,自己主动提出中止恋爱关系,又写来要和我保持来往的书信,说好要见面,还特意约定了时间地点,自己却不来。"

三田村和田中回到警车后,面面相觑地露出苦笑。他们确实看不懂土屋悟的举动。今年春天他刚去过南纪为什么还要再次重复呢?而且上次在南纪拍的照片一张都没留下来,显然是他自己舍弃的。不仅如此,他对秋子的态度也不近情理,这些情况到底怎样解释呢？

回到警视厅后，三田村把上述情况向十津川警长作了详细汇报。

两人经过深入的讨论后，将这次调查的问题归结为四点：第一，三月二十三日那天，土屋悟和谁一起去了南纪？第二，那次去南纪究竟发生了什么事情？第三，是南纪回来后，他打电话要和秋子面谈。面谈的内容是什么？为什么到时候又突然不来？第四，土屋悟再次去南纪的原因是什么？他为何会在旅途中突然被害？

三田村觉得这些问题在东京是找不到答案的，必须通过南纪方面进行实地调查。于是，他洗印了几张土屋悟的肖像照分别送往和歌山和三重县两家县警署，委托他们调查从三月二十三日至三十日，土屋悟究竟在南纪的什么地方。

没过多久，两地的警署分别送来了调查报告。三田村互相对照着，制成了一张土屋悟的活动时间表。1. 三月二十三日住宿鸟羽K宾馆。 2. 二十四日胜浦的海岛宾馆。 3. 二十五日白浜S宾馆。 4. 二十六日白浜S宾馆。 5. 二十七日御坊M旅馆。6. 二十八日高野山(龙神温泉)N旅馆。 7. 二十九日京都R宾馆。 8. 回东京。

三田村和两地的警方根据住宿登记继续调查，发现那次旅游除了土屋悟，还有另外两名男子结伴同行，他们的面容和这次多气车站凶杀案中的同行男子十分相像。由此推断他们三人在十一月份的旅游中，不知因何爆发了尖锐的矛盾，使那两名男子最终杀害了土屋悟。

警方决定把杀人事件搜查本部设在三重县的松阪警署，并将这两名男子列为犯罪嫌疑人，同时分别向东京警视厅和和歌山县警署发出了协助调查的请求书。由于怀疑这两名嫌疑人极有可能和土屋悟一样都是东京人，所以特别要求东京警视厅对此进行深入调查。

十津川对手下的警官们命令道："现在立刻调查土屋悟的交友关系，那两个嫌疑人极有可能混在其中。"

但是,这个看似简单的调查在现实中碰到了极大的困难。

　　首先,已知土屋悟就职的K电机公司里没有这两个人。其次,三田村等人又去了土屋悟读书的R大学调查,他们先查了土屋悟同期同学的花名册,又向校方出示了两个嫌疑人的画像,当即遭到否认。于是不得不再寻找其他的调查途径。他们先去土屋悟居住的公寓询问,公寓管理员也一口否定。就在万般无奈的时候,三田村突然提出了新的想法:土屋悟非常热爱旅游,在家里留存着大量的旅游杂志。杂志里的"读者之声"栏目通常会登载读者征集其他旅友一起去某地旅游的信息。那两个嫌疑人会不会就是土屋悟征集的旅友呢? 他们立即行动起来,在土屋悟订阅的"旅友"杂志中果然发现了读者征求旅友的信息。考虑到土屋悟是三月份出行的,所以重点调查了从去年十二月到今年三月的杂志。但在调查中又出现了怪事,从去年一月到现在的杂志中,唯独找不到今年三月份的杂志。三田村只得和西功警官一起去那家杂志社查询,发现土屋悟是该杂志的订阅读者。他们从杂志社拿了今年三月号的杂志回来仔细查阅,在"读者之声"的栏目中发现土屋悟写的征集旅友在三月下旬去南纪旅游的启事,三田村和西功见了大为振奋。由于还不知道两名嫌疑人的姓名,所以必须查到响应这则启事的旅友相关资料。两人急忙赶去土屋悟的住所,对留存的书信、名片进行逐一的调查,但没有发现有价值的线索。三田村觉得那两个嫌疑人也有可能和土屋悟一样,是该杂志的订阅读者。于是又到杂志社要了一份全体订阅读者的名单,带回警视厅继续查寻。名单上共有1006人,去掉女性、外地读者、二十岁以下的学生等无关人员外还剩下五十三人。十津川要求手下的所有警官手持两名嫌疑人的画像,对这五十三人进行调查。三田村和西功负责调查其中的五六个人。他们最先调查的是名列第十二位、住在四谷三丁目公寓的小寺信成。名单上清楚地写着小寺的有关信息:年龄,三十五岁,职业,自由撰稿人。根据一楼的邮箱所示,小寺住在502室。可是,当他俩乘电梯上了五楼,按了502室的门铃后却没有任何应答。他们只得返回一楼向公寓管理员了解情况。那个管理员仔细地看了两个嫌疑人的画像后,指着那个身高一米六五的青年男子说道:"小寺和这个人很像。"接着,他补充说小寺是个自由撰稿人,平时很喜欢旅游。最近确实去过南纪,还买了南纪的特产纪州蜜柑送给他尝新。至于现在家里没人可能又出去旅游了,什么时候回来他也不清楚。

警方继续对东京的五十三个订阅者进行全面的调查,除了小寺之外没有找到另一个嫌疑人。由此判断那人可能不是东京人,也不是"旅友"杂志的订阅读者。尽管如此,警方依然充满信心,认为只要抓到小寺,另一个人的姓名及相关情况就自然清楚了。

三重县的长谷部警长听说东京警视厅已查到了一名嫌疑人的消息后,立刻带着一名警官兴冲冲地赶到警视厅。十津川告诉他,那名嫌疑人名叫小寺信成,现在不在家,公寓管理员说可能外出旅游了。目前正由两名警察日夜监视着公寓。长谷部要求去那儿看看,十津川爽快地答应了,指派日下警官陪他一起前往公寓。

长谷部警长的到来使三田村隐隐地产生了不安,他开始怀疑公寓管理员说小寺外出的真实性。如果小寺真是多气凶杀案的罪犯,他怎么可能在案发后还能如此悠闲地外出旅游呢?也许是畏罪潜逃吧?

三田村急忙打电话给十津川,提出了自己的疑虑,并请十津川立即向上级申请搜索民宅的准许证。

晚上六时许,三田村终于得到了准许证。他带着西功和公寓管理员迅速地打开502室的房门,冲了进去。

这是个一居室的小房间,率先进入房间的西功大声叫道:"我们上当了!"只见房间的地毯上倒伏着一个穿着睡衣的男子,后背插着一把尖刀,白色的睡衣被鲜血染红,血迹已干,而且变了颜色。

三重县的长谷部警长呆呆地看着死者。三田村翻转尸体,让其仰面躺着,死者果然极像画中的嫌疑人。西本迅速地返回警车去叫法医,同时又打电话向十津川汇报情况。

没过多久,法医和检视官赶到了案发现场。

"已经死了三天了。"检视官很有把握地说道。

"你说案发是哪一天呢?"三田村急切地问道。

"也许是十二月二十七日的夜晚吧。"

"这么说,就是我们来此调查的前一天喽?!"三田村听了勃然变色。真是太不巧了,要是能早一天来,也许就能生擒小寺信成了。

死者的尸体很快被运去作司法解剖。三田村和其他的警官迅速展开室内的搜查,结果没有发现有价值的书信和照片。他和土屋悟一样没有留下一张三月份去南纪拍的照片,这次去南纪的照片也没有发现,这使三田村的心中疑云重重。这次因为发生了凶杀案而没拍照或者舍弃了照片倒也情有可原,那他为什么也不保留三月份旅游时拍的照片呢?

东京警视厅为此设立了搜查部,由十津川警长负责搜查工作。十津川认为最大的犯罪嫌疑人就是多气凶杀案中的另一名嫌犯。三重县的长谷部警长完全赞同这一判断。

第三章　三月二十四日夜

根据十津川的指示,三田村和西本一起对被害的小寺信成展开了深入的调查。

小寺的原籍是枥木县宇都宫市,在当地高中毕业后进入东京都S大学学习,两年后中途退学,曾在酒吧和帕金库等娱乐场所工作过。由于天性使然,他很喜欢旅游,并经常向旅游杂志投稿,刊载他的旅游杂记和照片,由此开始了自由撰稿人的生涯。他的不少朋友反映小寺有个怪脾气,一定要和自己投缘的人一起结伴旅游。看来土屋悟和另一名嫌疑人都是他投缘的旅友。但是他为什么会成为杀人嫌疑犯呢? 西本认为关键点就在于今年三月份的南纪之行。三田村同意西本的观点,也觉得小寺和土屋悟没有保存三月份去南纪的照片绝非偶然,一定有深层的原因,而且再度去南纪也令人费解。于是决定重新调查小寺等人三月份南纪之行的行程。首先,他们向行程中住宿的所有宾旅馆打电话联系,询问在三月二十三日前后有没有发生异常事件,对方一致回答"No"。接着又借来这期间的报纸进行逐日调查。结果发现南纪一带平安无事,而胜浦却在三月二十五日发现了一起杀人事件。二十五日的晚报上这样记载:"二十五日上午七时半左右,在胜浦海岸发现一具男性溺毙的尸体。据查,此人是S信用金库副理事长松田重太郎(五十三岁),他的脸部、手足都有被殴打的痕迹,而且多处出血。警方正对此展开调查。"在二十六日的晨报上又有了新的报道:"据事后调查,松田重太郎于二十四日晚九点去了海岸附近的一家名叫'春花'的夜总会喝酒。在那儿和熟人M君(五十三岁)发生争吵。M君打了松田,后被夜总会的妈妈桑劝阻。但是两人离店后可能再次发生争斗,以致产生了不测后果。现警方正向M君了解有关情况。"二十七日的晚报对此作了更为详细的报道:"正在调查二十四日夜晚凶杀案的胜浦警署已经逮捕了嫌疑人本桥吾一(五十三岁)。据查,经营洗衣店的本桥因经营困难,准备重新装修店面,所以请求中学同学松田君帮助融资。由于遭到对方拒绝,一直怀恨在心。二十四日夜晚,本桥去了'春花'夜总会,偶尔碰见松田又提出融资的请求。被断然拒绝后,一时火起打了松田,后经妈妈桑的调解两人暂时作罢。但在松田离店后,本桥怒火复燃,尾随其后追了出去,在海边痛打松田至死。据查,松田的身上还少了钱包,警方怀疑是被本桥抢走的。"

三田村看着报上的新闻,只感到心跳加速,一阵眩晕。西本见他脸色发白,不解地问道:"你怎么啦,身体不舒服?"

　　"没有,没有。"三田村极力掩饰着。

　　为了进一步了解那起案件的情况,西本特地给胜浦警署打了电话。对方说那起案子已经结案,本桥被判了八年徒刑,目前正在监狱里服刑。

　　"看来那起凶杀案和现在的案子没什么关系。"西本有些沮丧地对三田村说道。

　　当天下午,三田村紧急约久美在新宿的一家咖啡馆见面。久美像往常那样笑吟吟地走进店门,一见三田村的脸色,不由得大吃一惊,"你怎么啦? 脸色这么难看?"

　　三田村喝着咖啡慢慢地告诉她现在正在调查被害人土屋悟和小寺今年三月份去南纪的事,并且知道了三月二十四日夜晚在胜浦发生了凶杀案。久美听了脸色变得苍白起来,默默地看着对方。三田村直截了当地问起那个被捕的本桥是不是她的父亲。久美点头承认。三田村有些激动地说道:"我说过,你的父亲哪怕是杀人犯也没关系,但是我最不喜欢你欺骗我。"

　　久美极力否认,"我没骗你。"

　　"你说要和我一起去南纪旅游,却没有告诉我胜浦发生的凶杀案,也没说你父亲是此案的嫌疑人而被捕的事。"

　　"我想这事没必要告诉你,再说我也说不出口。"

　　"你说谎。"

　　"我没有撒谎。"

　　三田村一口咬定久美执意要和自己去南纪一定另有企图,或许预感到这次案件的发生,或许有其他事件,总之是在利用自己。久美对此矢口否认。两人越谈越激烈,谁也无法说服谁,最后久美愤怒地离席而去。三田村本想阻止她,话到嘴边没说出来,只得眼睁睁地看着她匆匆地走出咖啡馆。

第二天,三田村来到搜查本部向十津川警长提出去南纪调查的请求。十津川要他说出具体的理由。三田村没有说出久美和她父亲的事,只是支吾着说他觉得那个罪犯嫌疑人有可能藏匿在胜浦。十津川沉吟半晌,同意了他的请求,但要和西本结伴同行。三田村无奈地同意了。

两人乘新干线列车到达名古屋,然后转乘十点二十分发车的去南纪的特快列车"南纪5号"。西本似乎看穿了三田村的心思,认为他此行的目的是调查今年三月份发生的那起凶杀案。

下午一点五十七分,列车到达纪伊胜浦车站。两人下车后立刻赶去胜浦警署。警署的署长知晓他们的来意后,立即把负责调查那起案子的三浦警官介绍给他们。

三浦奇怪地发问:"那起案子已经结案了,你们怎么会对它有兴趣呢?"

三田村解释道:"因为这起案件中的被害人在今年三月份也去过南纪,而且就在三月二十四日晚上住在胜浦。所以我们对三月份发生的凶杀案产生了兴趣。"

三浦爽快地答应了他们的要求。但他提供的情况和报上的报道差不多,没有新意。

三田村追问道:"你说的情况都是罪犯供述的吗?"

三浦摇头道:"他是个顽固的人,坚不认罪,但法庭最后还是判他有罪,没有办法。因为在这起案件中除了他难以想象还有其他人。"

三田村又问:"听说三月二十四日晚上,那个被杀的松田副理事长是九点去夜总会的,时间上没搞错吧?"

"是夜总会的妈妈桑说的。"

"那时本桥在店里了吗?"

"是的,那时他已经喝了很多酒,见了松田再次提出贷款的事,遭到拒绝后突然动手殴打松田。"

"松田是在晚上十点离开夜总会的吗?"

"妈妈桑作证说是晚上十点,也许过了五六分钟吧。"

"本桥立刻就追了出去吗?"

"妈妈桑说是过了五六分钟后才追出去的。他原本要马上冲出去,是妈妈桑劝阻了他。过了五六分钟后才放心地让他离开。"

"松田的死亡推定时间是几点?"

"解剖的结果是十点到十一点之间。"

"没有明确的结论吗?"

"这个可不好说。但是,从夜总会步行到出事的海岸只要十二三分钟就可以,所以估计松田在十点半左右被杀害了。"

"报上说松田身上的钱包也被偷走了,是事实吗?"

"是事实。据松田的妻子说钱包里还有十二三万日元。尽管没有本桥偷盗的确证,但法庭认为这不影响本桥的判罪。"

下午三点过后,三浦陪同两人来到了松田死亡的海边。

案发的地点离码头有一百米左右的距离。三田村估计这儿离自己和久美上次住的海岛宾馆大约有 500 米,此时越过海面就能看到对面的那家宾馆。

三浦道:"这儿到了晚上一片黑暗,就是有两个人斗殴也无人发觉。"

接着,他又陪两人去了那家"春花"夜总会。妈妈桑名叫晴美,是个笑容可掬、四十二三岁的小个子女人。

三田村直截了当地问道:"妈妈桑,你觉得是本桥杀了松田吗?"

妈妈桑一脸的惊诧,"难道警察先生怀疑本桥不是杀人罪犯吗?"

"我们现在只想听听你的想法,毕竟是你亲眼看到他俩打架的过程。"

妈妈桑叹了一口气,叙说了两人打架的经过,基本上和三浦所说的相一致。

听了妈妈桑的叙述后,三田村等人离开了夜总会。两人向三浦道了谢,表示调查基本结束。

接着,三田村带着西本一起走过码头的栈桥,登上了去海岛宾馆的渡船。

进入宾馆的客房后,西本先去浴场洗澡。三田村一人留在房间里沉思。他突然觉得,土屋悟和他的两个同伴那天也一定是在这儿过夜的。想到此,他顺手拿起电话和久美联系。自从前几天和久美在新宿的咖啡馆发生争吵后,他一直为此忐忑不安。

话筒里传来了电话录音:"我要离开一段时间,有什么事……"三田村听出是久美的声音,愈发不安起来:也许久美坚信自己的父亲是无罪的吧?但是她也知道父亲被判罪入狱,再诉告无罪也于事无补。难道因为我是警官,久美出于利用的目的才故意叫自己陪她去南纪的吗?也许久美坚信真正的罪犯另有其人。她设想,如果那个罪犯知道本桥的女儿带着警官去南纪后一定大为不安,说不定会在慌乱中露出马脚。尽管如此,她这样做我还是非常生气。两人已经到了谈婚论嫁的地步,为什么不能坦诚地说出心里话呢?把久美叫到咖啡馆数落了一顿后,她一定受到了很大的打击。想到父亲正在监狱里服刑,必然会更加悲伤,也许为了这些原因而悄悄地离家出走,无疑是彻底绝望了。但是她一个人出走会带来更大的危险。

三田村再次拿起电话,给久美留下了一段真诚的留言:我始终会帮助你的,拜托你回来后立即和我联系。

西本回来后,三田村一人去了大浴场。他浸在浴池的温水里继续深入地思考。刚开始和久美去南纪旅游时,什么都不知情,即使途中的多气车站发生了凶杀案也认为是和自己毫无关系的偶发事件。对东京发生的凶杀案也没作过多的联想。现在情况完全不同了，多气车站发生的凶杀案也许就是自己和杀人犯的女儿久美南纪之行所产生的结果，并且由此引起了后续的东京谋杀。三田村的下颚抵着浴池的边缘，望着大海的对岸浮想联翩。

　　三月二十四日夜晚，对岸有一个五十三岁的男子被殴打致死。那时候，三名男子正住宿在这个海岛的宾馆。他们和这起凶杀案有关系吗？从码头到海岛宾馆通常靠渡船通行，渡船的最后一班时间为晚上的十一点五分。宾馆的旅客过了时间就不能去对岸，也不能从对岸返回。当然，这片海面只有五六百米的距离，即使游泳也能过去，但这样似乎不合情理。如果那起案件发生在十一点五分之后就和住宿在这儿的三名男子没有关系。可是，被害人是在十点三十分左右死亡的，所以三人行凶后还能回到这个海岛宾馆。如果他们是罪犯，犯罪动机又是什么呢？难道三人去对岸喝酒和被害人发生了争斗吗？事实并非如此。在"春花"夜总会和被害人松田发生争斗的是久美的父亲，并不是这三个人。如果这三个人在同一家夜总会喝酒并和被害人发生争斗的话，妈妈桑一定会记得很清楚，在法庭审判时也会成为一个很大的问题。三田村左思右想，只感到头脑里一片混沌。离开浴场后，他立刻去服务台查询三月二十四日的情况。在服务台的住宿登记簿上清楚地写着"土屋悟"和其他两人。显然，他们那时用的是真名，而且地址也是真实的。这说明登记入住的时候，三人并没有预见会发生凶杀案，否则定然会用假名或者写上一个假地址蒙混过去。关键的问题是那三个人在二十四日晚上是否外出，如果外出了又在什么时候回来。于是，三田村把当时接待那三个人的服务员洋子叫到大堂单独问话。洋子说那三个人是在晚上六点钟用餐的。晚餐后，其中的两人叫了艺妓到房间里取乐。艺妓是在晚上八点左右回去的。三田村继续询问八点后的三人动向，洋子表示实在不知道。三田村要她向那两个艺妓问问有什么线索。洋子立即打电话给艺妓俱乐部。少顷,她报告说那三个人曾向艺妓打听城里有没有好的喝酒去处,艺妓向他们推荐了一家名叫"小雪"的酒馆。

三田村犹豫了一会儿,也没告知西本,就一人离开宾馆,乘上游船到了对岸。经过打听,知道那家"小雪"酒馆就在"春花"夜总会附近。三田村进了酒馆后,向妈妈桑和那些女招待出示了警察的证件,直接了解三月二十四日的晚上那三个人在酒馆的情况,并拿出三人的肖像画让她们辨认。她们看后确认那三个人来过酒馆。这时,妈妈桑突然想起当时三人中有一人喝得烂醉,在厕所里呕吐之后,才脸色苍白地和另外两人一起离店的,离店的时间在十点左右。

三田村离开酒馆,乘上渡船返回海岛宾馆。

回到客房后,他盖上被子假寐,而西本已经酣然入睡。正当三田村辗转反侧的时候,西本突然醒了。三田村告之刚才出去调查的经过,并确定三个人有杀害被害人松田的可能,至于有什么理由还不清楚。西本听了备受鼓舞,但劝三田村不要太着急,还邀请他和自己再去洗个澡,说这样就能慢慢入睡了。三田村拒绝了西本的好意。

西本离开后,三田村在房间里继续苦思冥想……

第四章　失踪

三田村躺在床上,细细地梳理着这几起凶杀案的脉络。

今年三月,胜浦市发生了一起凶杀案。洗衣店老板本桥作为嫌疑人被警方逮捕,并被法院判决有罪,现正在监狱里服刑。本桥有一个女儿,就是久美。她坚信自己父亲无罪,所以就利用自己的男友是警视厅警官的身份执意要他陪同去案发的纪伊胜浦。她断定如果警视厅的警官和本桥的女儿一起去胜浦的话,一定会引起真正的罪犯不安,一定会采取相应的行动。果然不出她的所料,在案发夜晚,住宿在海岛宾馆的那三个男子尾随他们来到胜浦。不久之后,其中的两人相继被害。难道这三个人是真正的罪犯吗?三月二十四日的夜晚,他们不知为何和信用金库的副理事长发生斗殴,并且残忍地杀害了他。由于警方把那个偶然去夜总会买醉并和松田发生争斗的本桥当作犯罪嫌疑人加以逮捕,致使三人侥幸地逃离了胜浦。但是好景不长,当他们知道这次由警视厅警官带着罪犯的女儿一起去胜浦的消息后顿时紧张起来,以为警方是来重新调查三月份命案的。于是,为了监视他们的动向,那三人立即尾随其后来到南纪。途中,三人中的土屋悟可能发生了动摇,觉得凶杀案的事已经败露,所以警视厅的警官才会带着本桥的女儿来到案发现场的胜浦。他感到一切都完了,对两位同伴说要去自首。其他两人一下子慌了,试图劝阻他,但土屋悟完全崩溃了,根本听不进去。为了灭口,另外两人就利用在多气车站长时间候车的机会,在候车室秘密地杀害了他。回到东京后,另一名作案者小寺信成也发生了动摇,可能他对另一个人也说出要向警方自首的话。那个第三人为了保全自己,就到小寺的家中把他也杀了。

上述的推理难道就是事件的全部真相吗?三田村自己也把握不定。不过,在这起事件中,使他最惊叹的还是久美的记忆力。她在对警方作证时,连三个人的脸部表情,甚至在多气车站的行为都记得一清二楚。现在想来也不奇怪。久美一定事先对三月二十四日夜晚的那起凶杀案作过深入的调查,并且在多气车站众多的候车者中早就注意到那三个人,拼命地记住他们的脸部表情和特征。所以说她有惊人的记忆力也符合情理。

三田村继续思考着,觉得久美的直觉无疑是正确的。三月二十四日夜晚,也许就是那三个人在胜浦杀害了松田。正因为如此,当他们再次来到这儿后,相互间产生了嫌隙,进而其中的两人先后被害。遗憾的是,尽管已经知道了那两个被害人的姓名和职业,但对关键的第三人知之甚少。虽然根据久美的证言,知道了第三人的脸部特征,却不知道他的姓名和住址。想到此,他又对久美产生了不满。为什么最初不肯告诉我全部的想法呢? 若能早知道这一点,自己也能在那次旅游中对他们仔细观察了。由于完全不知内情,就带着久美到车站外面的茶馆里喝着红茶消磨时间。恰恰在这个时候,罪犯们在候车室里杀害了土屋悟。久美真的相信我吗? 难道她只是利用我的警官身份,不肯告诉我内心的真实想法吗? 三田村很痛苦,但他也反省到自己的不足。

虽然喜欢久美,但对她父亲入狱的事始终难以释怀。警察的婚姻确实很麻烦,如若上级知道久美的父亲在监狱服刑,多半会持反对的态度。况且自己当时也没有即使辞去警官工作也要和她结婚的决心。久美是个很敏感的人,想必也知道自己的心情,也许因为这个原因才没有吐露真实的想法。三田村一时百感交集,夜不成寐……

第二天,两人用过早餐后,乘着宾馆的渡船来到对岸,开始了一天的工作。三田村嘱咐西本去本桥的洗衣店调查,自己直接去了杀人现场的海岸。

其实,三田村也知道现在无需再去海岸边勘查,但又不想和西本一起去本桥的洗衣店。他现在不知道久美的心思,去她的娘家反而会更难受。半路上,三田村向东京久美的家里打了电话,回答的依然是表示外出的电话录音。

"她究竟怎么啦?"三田村的心中倏地掠过一丝不安。照理说,今天大学里不上课,难道她因为不相信我,自己一人去寻找那三人中的最后一人吗? 那个人已经连续杀了两名同伙,久美接近这样的人无疑是十分危险的。

三田村来到海岸边,眺望着大海,静静地抽着烟。他满脑子想的都是久美。心里交织着爱和不安的复杂感情。

中午十二点，三田村返回码头，看到西本已比他早到一步。于是两人在附近找了一家餐馆用午餐。西本告诉他已经大体了解了本桥家人的情况。本桥进了监狱后，洗衣店已经倒闭了。他现在没有妻子，只有一个女儿，名叫久美，正在东京上大学。三田村嗯嗯啊啊地应着，没作任何表示。

两人聊了一会儿，气氛有些尴尬。西本突然想起了什么，说了声"对了，我要把这事向十津川警长汇报一下。"说着就站起身去餐厅外面打电话。

三田村朝餐厅的门口看了一眼，暗忖：难道他会把我的反常表现向警长汇报吗？

过了五六分钟，西本返回来，说道："警长说第三人还是没有抓到。"

三田村默默地吃着饭，没做应答。

"咦，这是什么？"西本突然从一只装鱼的盘子下面拿出一张纸条。

"这我不知道。"三田村也奇怪地瞪大了眼睛。

"刚才可没有这张纸条呀。"西本说着打开了那张对折的纸条。

"混蛋！"西本看了忍不住高声骂道。

三田村急忙拿来那张纸条。只见上面用记号笔写了几行字："不要再围着我转了，如果不听劝告就会大吃苦头。特别是三田村警官要好好想清楚！"

三田村看了纸条后，不由自主地起身环视着餐厅的四周。

此时，店堂里满是用餐的观光客，一片嘈杂声，根本见不到可疑的人影。三田村气得脸色铁青，他知道分明是有人在监视他们，而且还主动送来纸条，足以说明对方是多么狂妄。西本也感到十分奇怪，纸条上清楚地写着三田村的名字，对方是怎么知道的？他忍不住提出了自己的疑问。三田村苦笑着表示自己也完全不清楚。

于是，两人向餐厅服务员和近桌就餐的其他顾客打听有没有看到送纸条的人，他们全都回答没看到。

两人悻悻地离开餐厅，乘着渡船回到宾馆。三田村估计那个写纸条的人可能昨天也住在这儿监视他们。于是又向总服务台打探那个可疑人的情况，对方也称没有发现。

至此，留在这儿已经毫无意义，他们决定立刻返回东京。

傍晚时分，列车准时到达东京。两人赶紧回到搜查本部向十津川警长汇报情况。

十津川对那张纸条表现出极大的兴趣。

"实在对不起，我们当时没有发现那个写纸条的人。"三田村有些愧疚地说道。

十津川笑道："这也很正常，因为你们事先并没想到会有人送来纸条，我现在关心的是对方怎么会对你指名道姓的呢？"

"是呀，我也感到太不可思议了。"西本也附和道。

十津川又问三田村，"怎么样，有线索没有？那个第三人会不会是你以前认识的人？"

三田村脸色一变，"这不可能，要是知道了，我早在发生案件的时候就把他逮捕了。"

十津川道："你们只以为是那个第三人在暗中监视，看来并不完全。换一个角度想想，会不会是其他人干的呢？"

"还会有谁呢？"

"也许是受第三人拜托的人。"

站在一旁的龟井警官表示了自己的看法，"在三月二十四日晚上发生的那起凶杀案中，有嫌疑的不就是那个三人团伙吗？现在，其中的两个人都死了，他们只能认定是剩下的那个第三人干的。"

十津川继续发问："如果是一个女人干的又会怎样呢？你们有没有发现同一个女人多次出现在周边的情况？"

三田村摇摇头,"这个我没注意。心里只想着第三个男子。"

西本也表示同感,"是啊,要是个男人,早就注意到了。"

"那好吧。"十津川 不置可否地点了点头。

三田村和西本离开后不久,西本又单独返回来。

"你又想起什么了?"十津川问道。

"这事可要对三田村君保密。"西本期期艾艾地回答。

"你是不是觉得他的表现有点怪?"十津川笑问。

西本惊奇地瞪大眼睛,"警长是怎么知道的?这样我就好说多了。三田村君好像有什么事瞒着,我问他也不肯说。"

龟井问:"你觉得会隐瞒什么?难道是他知道那个第三人而不肯说吗?"

西本摇摇头,"我没这样想。总觉得他自从在多气车站看到了被杀的土屋悟后,心里就有了异样的烦恼。"

十津川点点头:"对了,当时南纪的报上也登过。他是和一个年轻的女性一起去旅游的。那是个可爱的小美人哪。"

"也许是吧。"西本也有同感,"不过,从那以后,好像全然看不出他和那个女孩旅游后留下的痕迹,不知是为什么。"

十津川道:"我听田中也说起过这事。他也对三田村问起过那个女孩的事,但他一脸的不高兴,只是说早把那事忘了。"

西本走后,十津川若有所思地和松阪警署的长谷部警长通了电话,顺便问起那个和三田村一起旅游的年轻女性的名字。长谷部说那个女孩名叫本桥久美。

十津川反复念叨着"本桥久美"的名字,突然想起了什么。他问龟井,三月二十四日夜晚凶杀案中的罪犯叫什么名字?龟井回答是"本桥"。

"原来如此!"十津川长舒了一口气。

他告诉龟井,和三田村同行的女孩就叫本桥久美,极有可能是本桥的女儿。性急的龟井想立刻叫来三田村问个究竟。十津川没有同意，他不想为此影响三田村的情绪。

接着，龟井向胜浦的警署打电话，确认本桥久美是不是正在狱中服刑的罪犯本桥的女儿。对方给予肯定的答复，并说出了久美现在的住址和电话。

十津川立即打电话和久美联系，应答的却是表示外出的电话录音。于是，十津川和龟井火速乘着警车赶到久美住的公寓。此时已过了晚上八点，久美的房间里还没亮灯，由于公寓的管理员已经下班了，十津川不得已向左邻右舍打听，但他们都不知情，只是简单地回答说她好像外出了。这时，龟井突然发现久美的房间并没有上锁。两人急忙走进去，开了灯后仔细察看。这个狭小的一居室收拾得很干净，充满着女性的气息。两人开始搜索书信之类的物品，从中发现了三田村写的情书。他与久美的恋人关系终于得到了确证。令人费解的是久美为什么不锁上门就外出了呢？十津川思索着打开了电话的录音。开头好像是班级同学发来的留言，接着是三田村的声音，最后是一个陌生男子声音："我以前已经对你说过，不要再对这个老头的事纠缠不休了。就是拜托警视厅的警官帮忙，你的父亲也放不出来。他已经入狱服刑了，还是乖乖地等着他八年后出狱吧。如果不听话，休怪我对你不客气。"

十津川取下那盘电话录音带和龟井商量进一步的对策。他们认为，虽然目前不能断定本桥的女儿久美是否利用三田村行事，但她提出的南纪之行确实是冲着三月二十四日夜晚发生的凶杀案而来的。以致那个三人犯罪团伙因慌乱而发生内讧，其中的两人相继被害，凶手想必就是那个第三人。对他来说，久美无疑就是眼中钉，所以特意打电话来加以威胁。现在的关键问题是久美究竟去哪儿了。龟井推测可能单独去寻找那个第三人了。十津川并不赞同，认为久美连门都没锁就出去了实在不合情理。龟井又推测可能是罪犯绑架了久美。

十津川认为有这可能,他也很担心久美会命遭不测。

正在这时,突然响起了电话铃声,十津川一听是三田村打来的。于是告诉他自己和龟井就在久美的房间里,现在久美失踪了,要他马上赶到现场。三田村急急忙忙地赶来,向十津川和龟井和盘托出了他和久美的关系以及事情的经过。十津川也告诉他刚才调查的情况,最后的焦点就落在久美如何失踪的问题上。从表面上看,虽然不排除久美单独去寻找第三个男子的可能性,但她不锁门就离开,说明被绑架的可能性极大。细心的十津川根据房内整洁不乱的现状提出另一种假设:久美可能故意不锁门外出,这是她精心导演的一出戏。由于没有充分的证据,各种分析只停留在假设的层面上,何去何从一时难以决断。

搜查部经过研究分析,决定分两条线同时进行。一条线搜查那个神秘的第三人,一条线搜查本桥久美。

如何搜查那个第三人?警方目前完全处于被动的状态。有关他的姓名、住址、职业一概不知,只知道他喜欢旅游。虽然也掌握了他的体貌特征,但是无法及时抓捕。与此相反,他却巧妙地利用警方的空隙大肆活动。一会儿在胜浦向三田村投送警告字条,一会儿又给久美打来警告电话,警方完全被他玩弄于股掌之中。十津川严命手下的警员加紧搜查,一定要掌握侦破案件的主动权。对于搜查久美,十津川采用了另一种方法。他先向府中监狱打电话联系,询问这四五天内久美有没有来见她的父亲。如果见过父亲,就说明她被绑架的可能性极小,完全是自己在玩失踪的把戏。监狱方面回复久美没来面见父亲,于是事情就变得复杂起来,她是自行消失还是被绑架还无法判定。

警员们再次对土屋悟和小寺的周边关系展开了调查。十津川认为这是寻找那个第三人的唯一途径。没过多久,十津川的推测终于得到了印证。据调查,在 K 电机公司工作的土屋悟曾和他的同事谈论过那个第三人的事。土屋悟的同事名叫浜口勇,今年五月已调到该公司的札幌分公司工作。这次正巧有事来公司本部,被警方找来问话。

浜口对讯问的西本提供了有关那个人的情况。他说土屋悟原先请他一起去南纪旅游,因为有事不能同行,所以土屋悟不得已通过"旅友"杂志招募同行的伙伴。结果有两个人愿意前行。一人是自由撰稿人小寺信成,另一人是演员,名叫星野纪勇。警方知悉了那人的姓名和职业后信心大振。十津川立刻命令查询各个艺术剧团,结果在一个名叫 JAG 的剧团里找到了星野的名字。

十津川带着龟井急忙赶去位于四谷的 JAG 的事务所。他们在那儿看了 JAG 剧团的名录,上面还登着星野纪勇的照片,果然和警方的模拟画像非常相似。事务所的工作人员说星野平时确实很喜欢旅游,前天又出去了,剧团里正好要排戏,缺少了他也很为难。十津川问工作人员是否知道星野这次旅游的去处,回答说不知道。又问星野是否在十一月二十四日到二十六日之间也出去旅游了,对方点头称是。龟井问是否知道星野的归期,对方称要一周以后。问了半天,就是不知道这次星野旅游的地方。

十津川的脸色十分凝重,他怀疑此次星野会和久美在一起。若真如此,久美的处境将十分危险。

第五章　草津雪景

深夜,三田村的公寓里响起了急遽的电话铃声。三田村迅速拿起电话。万没想到竟然是久美打来的,她只是简单地说自己人在草津。三田村急忙问她为何要去那儿,久美没有回答,说了声"不想给你添麻烦"就挂上了电话。

第二天一早,三田村从上野车站匆匆地乘上了七点十分发车的特快列车"草津1号"。九点三十九分,列车到达长野原草津车站。三田村下车后又转乘巴士向草津驶去。三十分钟到达了草津温泉汽车站。

草津是个温泉古镇。小镇上空升腾着温泉冒出的白色水汽。温泉街的两旁排列着二百多家旅馆。久美究竟住在哪儿呢?三田村至今还对久美的话半信半疑,如果对旅馆一家一家地查询又要花费大量的时间。无奈之际,三田村来到位于温泉街中心的派出所,出示了自己的证件和久美的照片后请他们协查久美的下落。两名当地的警察骑着自行车飞驶而去,三田村则留在派出所里耐心等待。

四十分钟后,一名警察给派出所打来电话,说在新草津旅馆发现一个和久美相像的旅客住宿。三田村立即赶到那家旅馆,那名等候的警察小声地告诉他前天有一个名叫青木久子的旅客入住这家旅馆。三田村急忙拿着久美的照片去服务台进行核实。服务台的服务员确认无误,但说久美已经单独外出,好像去了西河原。于是,三田村请那位警察原地守候,一旦久美回来务必留住她。他自己则根据服务员提供的路线直接去西河原寻找久美。

三田村很快到达了西河原温泉地。那里聚集了大量的观光客。

三田村不断地在人流中穿行,就是没有找到久美。当他来到一个偏僻的小型露天浴场时,突然停住了脚步。原来他在不经意间看到了那个警方寻找许久的嫌疑人星野勇纪。此时,星野身披大衣,脖子上围着围巾,正探头注视着西河原。三田村决定直接找他作一试探。就在刚要起步的时候,他又看到了久美的身影,于是条件反射般地停了下来。久美似乎没有发现三田村,她的目光只盯着星野。三田村倏地一惊:难道她是追踪星野才来到这儿的吗?三田村进而想到星野是个配角演员,曾在几部电视剧中演过角色。久美一定在家中看电视剧时偶然发现了他的身影。于是通过询问电视台,查清了星野勇纪的演员身份,并决定随时跟踪他。这次来草津追踪想必就是这个缘故。她没有事先告诉三田村是因为自己感到在南纪旅行中没有对三田村说实话,很内疚,实在开不了口。

"久美!"三田村轻轻地叫了一声。

久美闻声转过脸来,终于看到了三田村。眼睛里闪烁着疑惑和惊喜交织的光芒。这对有情人终于又拥抱在一起。两人惊喜之余,三田村突然发现星野不见了。久美自信满满地说:"不要紧,他和我住在同一家旅馆。"

两人慢慢地走着,久美向他倾诉了衷肠。正如三田村猜测的那样,久美在家里看电视剧时突然发现了星野,于是就设法通过电视台查弄清了对方的身份,一路跟踪过来。先经过志贺高原,然后再到草津温泉。

回到旅馆后,两人换了间双人房住下。

晚饭前,三田村打电话向东京的十津川作了汇报。告知了自己和久美现在在草津温泉跟踪星野的始末。十津川虽然批评了三田村的私自行动,但听说跟踪有了成效又转怒为喜。三田村又说久美从志贺高原一直跟踪到草津,只见星野一人怡然自乐,没有和其他人接触。十津川觉得这事颇为蹊跷。星野是个连杀土屋悟和小寺的重大嫌疑人,如果说为了毁灭证据而远走他乡还能理解,但他现在这样从容地在冬天的温泉地里消磨时光,实在让人大跌眼镜。

十津川问三田村:"看得出他有逃跑的企图吗?"

"就我现在所见,完全看不出。"

"你不感到有点奇怪吗?"

三田村叹了口气,"我是觉得有点奇怪。也许他认为我们没有找到证据,所以很放心。也许此人胆魄过人,自以为能有恃无恐地和警方斗一番,究竟怎么样我也不清楚。"

接着,三田村又惴惴地问道:"我留在这儿和久美一起继续监视星野行吗?"

十津川同意了三田村的请求。最后叮嘱道:"你不能太大意,要经常和我们联系。"

晚餐后,三田村和久美一起进入温泉浴场。浴场里分"男汤"和"女汤",两人分汤而入。

这时,忽听到女汤的久美叫道:"下雪了!"

三田村透过窗户一看,室外果然飞舞着雪花。

突然,浴场的玻璃门打开了,一个男子匆匆地走了进来。三田村一看,来人正是星野。星野一边把身体浸泡在浴池里,一边对三田村小声地说道:"真冷啊,外面好像已经下雪了。"

三田村顿时紧张起来。他清楚两人在上次南纪之行中见过面,对方一定记得自己这张脸。为了不致失态,他立即机警地反问道:"你也是来观光的吗?"

"是呀,我喜欢旅游,特别是冬天来温泉泡泡多开心呀。"

这时,听得邻池的久美大声叫道:"我先走了。"

三田慌忙回答:"噢,知道了。"

星野微笑道:"你真有艳福,是和女朋友一起来的吗?"

三田村点头称是。接着,两人开始随意地闲聊起来。三田村故意问他准备在草津待几天。星野说自己租了一辆车,准备后天去轻井泽,然后再乘列车返回东京。三田村又问自己开车和他同行不介意吧?星野说那再好不过了。

三田村回到客房后,向久美说起刚才和星野在浴场里聊天的情景,久美开始很惊讶,继而露出了兴奋的表情。最后,他俩决定自己租车继续跟踪星野。

第二天一早,三田村起来后透过窗户朝外看去,到处是白花花的一片，显然是昨晚下了一场大雪。接着，他又朝楼下看了看，发现有三个旅馆服务员正在大门口扫雪。不一会儿，一个旅客模样的人也出来帮助扫雪。三田村定睛一看，那人正是星野。扫完雪后，又见一个中年男子出来对星野鞠躬表示谢意，估计他是旅馆的经理。

八点半过后，三田村和久美到一楼的餐厅享用和式自助餐。正巧看到星野也在，于是趁势坐在他的旁边闲聊。星野主动谈起刚才帮助旅馆服务员扫雪的事，又说旅馆的副社长为了表示谢意还特意送给他一张电话卡。接着，他表示今天下雪路途不便，改在明天出行。

星野离开后，三田村带着久美去了汽车站附近的出租车营业所办理了租车手续，并驾车回来停在一个偏僻的角落。

第二天一早，两人用完早餐，躲在大堂的角落，暗中监视星野的动向。

九点四十分，星野乘电梯来到大堂办理退房手续。他似乎没有注意到三田村和久美，只是向服务员挥了挥手，提着旅行包匆匆地走出了旅馆的大门。三田村和久美随即追了出去。

看到星野的小车驶离停车场后，他俩也迅速发动了出租车尾随着向长野原方向疾驶。车子首先进入了国道292号线，到了长野原后，又转入国道146号线，直接驶向轻井泽。这时，他们看到国道的两旁都是密密的松树林和栋树林。其间点缀着面积宽大的别墅。就在一座名人别墅的入口处，星野停下车子，似乎在窥望树林的深处。三田村也随即停车细细地观察。十分钟过去了，星野的小车还是停着不动。三田村的脸色凝重起来，他默默地下了车，迅速向星野的小车走去。走近车子一看，只见车内的星野横倒在驾驶座上。他双眼圆睁，紧闭的嘴唇里流出了一大摊鲜血。三田村试图打开驾驶座的车门，发现里面锁着无法打开。

这时，久美也下了车，担心地赶过来。

"快打110报警！"三田村对久美大声叫道。

"他死了吗？"久美疑惑地问道。

"对,他死了!"三田村语气肯定地回答。

一路响着尖锐的警报声,两辆警车迅速地赶到了现场。下车的当地县警署的警察向三田村出示了警察证。其中一位警察用手枪的枪柄敲碎了车玻璃,打开了驾驶座的车门。不一会儿,又一辆警车和尸检车也快速地赶来。其中一名警官下车后对三田村说道:"请把事情的经过说一下。"

于是,三田村把从多气车站发生凶杀案开始的案情及调查的情况作了简略的叙述。这时,星野的尸体已被抬出车外,尸检官检查了尸体后说道:"这是氰化物中毒,车里散落着威士忌酒瓶,死者多半是喝了毒酒后死亡的。"

轻井泽警署立刻成立调查本部负责调查此案。三田村和久美作为案件的见证人当天留在警署。三田村在警署给东京的十津川打电话汇报了相关的情况。

十津川问:"你认为星野是自杀还是他杀?"

三田村觉得自杀的可能性不大,若是车辆相撞或是车辆坠崖,说自杀倒有可能,一边开车,一边喝毒酒自杀明显不合情理。于是,他告诉十津川,轻井泽警署倾向他杀的可能性,现在正在调查那一瓶掺毒的威士忌。

十津川又问:"现在星野被杀害了,他的两个同伙也死了,还有谁是罪犯呢?"

三田无奈地回答:"确实如此,我也很困惑,感到罪犯好像消失了。"

晚上六点,三田村和久美在轻井泽警署附近的一家餐馆用餐。

久美沮丧地叹道:"那个人死了。再也没法证明我父亲无罪了,我一直坚信那三个人在胜浦杀了信金的副理事长。"

三田村安慰道："现在绝望还为时太早,只要抓住那个杀害星野的凶手,他就能证明你父亲是无辜的。"

过了晚上七点,星野的司法解剖结果出来了。死因果然是氰化物中毒。警方还在星野的车内发现一只装着十二瓶威士忌的纸箱,经过检测,每只酒瓶里都掺入了致死量的氰化物。

当晚,警署负责此案的加东警官向三田村和久美详细了解相关情况。久美说,她从星野离开东京的公寓开始就一直紧紧地尾随跟踪。星野最初去了志贺高原,而后又来到草津温泉,一路上没看到他和其他人见面,也没见过那箱威士忌。因为久美在旅途的列车中亲眼看见他喝过放在口袋里的小瓶装威士忌,若有那箱威士忌,他一定会拿出来喝的。加东警官又问三田村是否知道谁把那箱毒酒交给星野的,三田村表示完全不知情。最后,三田村请加东给他看了星野携带的物品,发现他的旅行包里只放着替换的衣服、电动剃须刀等生活用品。其中还有一只银行的大信封,里面放着二百万日元的纸币。除此之外,在星野的西服口袋里还放着一个钱包,里面有七万三千日元。

三田村当即打电话向十津川汇报了这一情况。

十津川明确表态："我马上叫龟井调查星野的银行账户。"

第二天,三田村和久美待在宾馆里等候消息。下午,十津川打来电话,说已经作过调查。星野在 M 银行没有存款。他在其他银行的存款余额还有七十二万日元,但最近没有取款的迹象。所以他的二百万日元的钱款显然是在这次旅游中从某个人的手中获取的。

三田村听了越发感到疑惑。现在不但没有搞清楚谁给星野一箱威士忌,又冒出了一个给星野钱款的对象。经过仔细分析,他认为如果这笔钱是在旅途中得到的话,那么星野的这次旅游绝不是单纯寻求快乐,而是一种收取钱财的行为。

三田村把自己的想法告诉了久美,问她是否有这方面的线索。

久美不解地摇了摇头,"这和案件有什么关系?"

三田村分析道:"你仔细想想,我们至今一直认为包括星野在内的那三个人都是胜浦凶杀案的凶手,也许搞错了对象。杀害信金副理事长的凶手当然不是你的父亲,但也不是那三个人。他们只是偶然目击了那个杀人事件,最后都被罪犯收买了。没想到后来发生了变化,三人中有两个人因为忍受不了良心的谴责,准备向警方说出事件的真相,又先后被杀害了。剩下的那个星野趁机在这次旅游中威胁真正的罪犯必须拿出钱来作为封口费,结果从罪犯手中得到了二百万日元和一箱附送的威士忌。星野以为自己大获成功,所以就在途中放心地喝下了那瓶毒酒。"

久美听了茅塞顿开,"你说得没错。我原以为星野一死,就没有罪犯了,没想到真正的罪犯另有其人。"

说到此,她决然地表示自己要返回志贺高原和草津温泉再作深入的调查,因为星野极有可能是在那两处获得金钱的,自己以前没有发现也许是疏忽了。

三田村同意久美的想法。但又担心地说自己接到十津川的命令必须马上返回东京,不能陪她同行了。

久美勇敢地表示自己一个人去没有问题。

"那你自己要小心。经常保持联系。"三田村深情地说道。

"我明白。"久美点点头,柔声回答。

两人深情地相拥接吻。

第六章　重新调查之路

三田村回到东京后,搜查部立即召开了紧急会议。十津川警长要求三田村先向大家叙述星野死亡前后的情况,然后听取警员们对案情的看法和意见。

三田村详尽地讲述了自己目睹的情况。

十津川问："你知道星野从谁手里拿到二百万日元的巨款吗？"

"不知道。"

"你说星野去志贺高原滑雪吗？"

"是的，但我没见到，是本桥久美亲眼看到了。"

十津川点点头，"我年轻的时候，在滑雪时常吃巧克力、喝威士忌酒御寒。所以他到草津温泉以后或者从志贺高原到草津温泉途中从他人手里得到威士忌也很正常。"

三田村道："我也是这么想的。在这次旅游中，星野从他人手里得到了二百万日元的巨款，估计也从同一个人的手里得到了那箱掺毒的威士忌。"

龟井问："有没有从那堆纸币和威士忌酒瓶上检测出罪犯的指纹？"

三田村答："县警署作过检测，发现这两处只有被害人星野的指纹。估计罪犯是戴着手套把钱和那箱威士忌一起交给星野的。也许是天气冷的缘故，戴手套也很正常，所以星野也没有在意。这种可能性极大。"

龟井又问："你在草津一直监视着星野吗？"

"没有。我是在晚上接到久美的电话后才在第二天一早赶到草津去的。在后来那段时间我参加了监视。"

"本桥久美一直在跟踪星野吗？"

"是的。"

"那么她有没有注意到旅途中有谁接近过星野？"

"她没有见过这样的人。我在草津也同样没见过。尽管我全力监视就是没有发现。由于无法对星野的客房内监视，所以罪犯在夜晚进入他的房间就不好说了。"

176

"那么说,星野是为了获取二百万日元才去志贺、草津的?"

"我想是的。"

西本问:"他为什么要去志贺、草津呢?"

"我想这是罪犯特意指定的,大家都知道,星野是那三个人中的一个,已经受到警方的跟踪,所以罪犯会觉得在东京和星野见面太危险。加之他知道星野喜欢旅游,叫他出来,他一定会毫不犹豫地答应的。"

北条早苗问:"你认为星野被杀是三月二十四日晚上的那起凶杀案引起的吗?"

"那当然。我最初还以为是星野为首的三个人在胜浦制造了凶杀案,他为了保全自己不惜杀了其他两名同伙。直到星野被杀后,我才醒悟到他们三人只不过是那起凶杀案的目击者,我们被真正的罪犯蒙骗了。"

早苗进一步追问:"你认为在三月二十四日晚上的凶杀案中,本桥不是真正的罪犯,对吗?"

三田村正要回答,十津川抢先说道:"这个问题我们现在最好不要下结论。和歌山县警方已把本桥作为凶案的罪犯逮捕,并已受到法院判决入狱服刑。如果我们说真正的罪犯另有其人,不就说明县警署是误捕吗?所以现在还是谨慎为好。"

其实,十津川的这种说法不过是表面文章,他心里已经认定那起凶案中的真凶另有其人。

接着,日下又报告了土屋悟、小寺和星野三人的财产状况。据他的调查,三个人不是有钱人,都租公寓房而居。在三月二十四日之前他们只有少量的存款,最多的小寺也不过二百万日元。但是,到了三月下旬他们每个人增加了将近一千万日元的存款。而且都是在三月三十日、三十一日两天内存入银行的。其中,土屋悟九百万日元,小寺一千万日元,星野八百万日元。到了十一月下旬,小寺和星野又存

177

入了一千万日元,而土屋悟已经死亡,所以没有新增的存款。

西本问十津川:"十一月下旬给予小寺和星野的金钱是他们杀了土屋悟的封口费吗?"

十津川点头称是。

三田村问:"难道警长认定在多气车站杀土屋悟的就是小寺和星野两人吗?"

十津川反问道:"你是怎么想的?你在多气车站待过,应该知道的最清楚。"

三田村摇摇头,"因为候车的时间很长,我就和久美去车站外面的茶馆喝茶,对当时候车室里的情况也不清楚。"

"'南纪5号'到站时,土屋悟是否已经被害了?"

"是的,候车室里只剩下土屋悟一动不动地坐着,估计那时他已经遇害了。"

龟井问:"你是说罪犯就在等候'南纪5号'的乘客里?"

"说实话,我也无法确定,但是那时的月台上只有换乘的旅客。"

"他们都和你们一样从鸟羽乘'荣耀8号'列车到多气车站转车的?"

"不全是,'荣耀8号'列车从鸟羽发车后中途还在二见浦、伊势市停过车。所以转车的乘客不都是来自鸟羽的,但是他们都转乘了'南纪5号'。"

龟井对十津川说道:"看来杀害土屋悟的就是小寺和星野。"

"也许土屋悟流露过向警方自首的想法,他们就在候车室把土屋悟杀害了。"

"他们每人得到的一千万日元就是作为杀害土屋悟的报酬吗?"龟井继续追问。

"这种可能性很大。不过,你再说说小寺的情况,难道他也是有自首的想法才被星野杀害的吗?"十津川反问龟井。

"好像是吧。"龟井稍思了片刻又摇头道,"如果我是星野就不会接着去杀害第二个人。况且两人也曾经是志同道合的旅友。如果说,因为土屋悟要自首,他俩在情急之下不得已杀了土屋悟,这还能说得过去,但小寺的情况应该有所不同。他俩一起杀了土屋悟,是同犯,小寺不可能有向警方自首的想法,所以星野杀小寺灭口的设想很难成立。相反,我倒觉得由于出了土屋悟的事。真正的罪犯会感到其余两人都不可靠,他紧接着就在东京杀了小寺,又在旅途中杀了星野。"

"那他为什么还要分别给他俩每人一千万日元的报酬呢?"日下有些不解地问道。

龟井认为这是真正的罪犯为了稳住他们的权宜之计。

早苗并不完全同意龟井的看法,"两人被杀是贪得无厌的结果。罪犯分别给了他们一人一千万日元,试图稳住他们,但是他们却趁机勒索,也许提出了超过一亿日元的巨款索金,所以罪犯就对他们痛下杀手。"

十津川饶有兴趣地问早苗:"照你的说法,那个罪犯是很有钱的人啰?"

"是啊,他已经向他们三人付出五千二百万日元了。"早苗肯定地回答。

于是,十津川在会上做出了两项决定:第一,调查在家里被杀的小寺情况。此事由警视厅方面负责,第二,协助当地警署调查在多气车站、纪伊和轻井泽发生的三起杀人事件。

十津川很清楚,接下来的案情调查颇为棘手。因为三月二十四日发生的那起凶杀案已由和歌山警署侦察结案,若要重作调查,势必会引起对方的不快。但是此案又是引起后来数案的根源,无法回避。最后,十津川接受了龟井的建议,决定利用一天的假期,两人结伴去伊纪进行一次微服私访。

他俩从东京乘飞机到达南纪白浜空港,又转乘火车来到纪伊胜浦。

出了车站,两人来到海边的一家餐厅用餐。

望着海滩,他们轻轻地交谈着,都知道在三月二十四日夜晚这儿发生了一起凶杀案。

用毕午餐,他们直接乘上渡船,去了那家海岛宾馆。

进了客房后,十津川佯装曾和松田见过面的样子,向服务员打听松田这个人。饶舌的服务员详细地介绍了松田的为人。他说,松田虽是 S 金库的副理事长,但他重权在握,完全架空了理事长,而且胆大包天,存在很多问题。外面传说他为了私利,无需担保就对一家企业融资了几十亿日元,而真正需要融资的洗衣店老板本桥却被他冷酷地拒绝。结果本桥在一怒之下把他杀了。十津川听了心里倏地一动,看来松田的死并非偶然,由于自己胡作非为,一定树敌很多。接着,他又向服务员打听那家出事的"春花"夜总会情况。服务员告诉他,原来的那家夜总会已经关闭了。该店的妈妈桑又以原来的店名在鸟羽闹市开了一家更大规模的夜总会。

晚餐后,十津川嘱咐龟井去鸟羽探访那家新开的夜总会,自己单独去夜总会的原店调查。果然不出所料,原店的店门紧闭着,上面贴着一张"店铺转让"的纸条。十津川随意地进入旁边的一家小酒吧喝酒。酒吧的妈妈桑和她的女儿殷勤地前来应酬,十津川顺便向她们打听隔壁那家"春花"夜总会的事。母女俩告诉他,"春花"夜总会已经搬到鸟羽去了。妈妈桑名叫晴美,虽然长相一般,但人很灵活,很会巴结有钱人。所以原来的松田副理事长很喜欢她,常来喝酒。据说她这次又傍上了大款,那人出巨资替她在鸟羽新开了一家夜总会。十津川趁机提及三月二十四日晚上发生的那起凶杀案和作为凶犯的本桥平时为人的情况,母女俩知道那起凶杀案,并且也熟悉本桥。她们说本桥性子有些急躁,但平时待人还是不错的。

第二天清晨,龟井从鸟羽匆匆返回,对十津川作了汇报。他说那家新的夜总会是闹市区规模最大的一家,整体装修金碧辉煌,气势不凡。据说是在今年的五月份才开始改造,两周前正式对外营业。那里的女招待说开店的资金都是妈妈桑承担的,也许背后有大款支持。龟井也见了妈妈桑晴美本人,她四十五六岁年纪,长相一般,但头脑很灵活,待人非常客气。

十津川由此判断"春花"夜总会的突然搬迁非同寻常,妈妈桑出手如此宽绰也大有疑问。既然长相一般,何以有大款鼎力支持呢?他认定这样的变化一定和三月二十四日夜晚发生的凶杀案有关,现在的关键就是要知道妈妈桑当时所作的证词。想到这儿,十津川颇为踌躇。由于此案已经结案,去县警署了解极为困难,而且又不知道本桥的辩护律师是谁,如果直接和县警署联系,岂不是自找没趣。突然,他心头一亮,想起了本桥的女儿久美,她一定了解法庭宣判父亲有罪的详情。

回到东京后,十津川要求三田村立即和久美联系,希望她找到那个辩护律师,了解当时"春花"夜总会妈妈桑的证词。三田村立即给久美的家里打了电话。谁知久美已经外出,她在电话留言中说这次去草津,进一步调查那个将毒酒交给星野的真正的罪犯,现住在新草津宾馆802室。三田村马上又给宾馆的802室打了电话,久美果然在那儿。于是,三田村根据十津川的要求,向她告知了他们此次去伊势胜浦的调查情况,还特别提到那家"春花"夜总会突然搬迁,在闹市区再开新店的反常情况,请她立刻返回去寻找当时为父亲辩护的律师,查实当时那个妈妈桑晴美所作的证词。久美知道那个辩护律师名叫山岸,当她知道事情的原委后,立刻爽快地答应了。

第二天，久美匆匆地赶到纪伊胜浦，在新宫车站附近的山岸法律事务所找到了山岸律师，向他求助。山岸律师因当时自己力量有限，对久美一直抱有歉意，所以很痛快地答应了久美的请求。他让久美在胜浦待上一天，自己亲自去警署调阅了当时警方对妈妈桑的调查记录。久美把调查记录复印后，急忙返回东京把它交给了三田村。三田村旋即带着记录赶到警视厅向十津川汇报。

十津川让下属们轮流阅读这份调查记录，倾听大家阅后的意见。结果，大多数人的意见都认为没有什么可疑处，只有龟井一人提出了不同的看法。他发觉调查记录虽然看似正常，却有一个警方必须提问的问题没有涉及。他指着调查记录的有关段落说道："妈妈桑明明说在松田和本桥发生争吵时夜总会里共有五六个客人，那警方为什么没问其他客人的身份，态度以及和这两人的关系？这不是很奇怪吗？"

十津川认为龟井的疑问很有价值，也许真正的罪犯就在其他客人之中，但他不认为是警方故意没问，因为他们当时的重点是放在和涉案两人有关的人员身上。而妈妈桑恰恰隐瞒了那个真正罪犯和他们的关系。否则县警署方面一定会调查那个人的。现在怎么再去调查当时在场的其他客人呢？十津川认为如果找当地警署了解，会冒犯他们，找妈妈桑更会打草惊蛇，唯一可行的是向正在服刑的本桥核实情况。只要他记得其中的一个，就能顺藤摸瓜地找到其他客人。

三田村听了十津川的分析后极为兴奋，自告奋勇地表示愿和久美一起去探监，为了不暴露警官身份，他只以久美男友的名义同行。

第二天，三田村和久美一起去府中监狱探监。由于他不是亲属只能在外面等待。

没过多久，久美沮丧地出来，说父亲当时喝得大醉，根本想不起还有什么人在现场。

第七章　真正的罪犯

十津川迄今为止还有两个疑问。第一,星野为什么要从志贺高原去草津呢? 他此行的目的很清楚,就是从罪犯手中进一步得到钱款。而且他确实得到了二百万日元。星野为什么要特意选在志贺高原和草津拿钱呢? 尽管他非常喜欢旅游,但此次纯粹是获取金钱,只要叫对方把钱打到自己的银行账户里就可以了。上一笔的一千万日元不就是这样做的吗? 如此看来,应是罪犯特意叫他去那儿才对。罪犯为什么要指定这两个地区呢? 第二,罪犯是如何把那箱毒酒交给星野的? 三田村警官和他的恋人久美一直在监视星野的行动,他们没有发现有形迹可疑的人出现,但罪犯把毒酒给星野确是事实。

三田村也对此感到不可思议。久美从志贺高原到草津一直全程监视星野,自己在草津也参加了监视,没有发现任何可疑的人与星野接触。尽管如此,他似乎感到罪犯和星野的接头地点不在志贺高原而在草津。

"罪犯为什么不在志贺高原,偏在草津和星野接触呢?"十津川向大家提问道。

龟井认为,志贺高原是滑雪的胜地,去那儿的游客很多,在那儿接头更为方便,但是罪犯并没有动作,待星野来到草津后才交给他二百万日元和那箱毒酒。也许罪犯本意就是在草津,叫星野去志贺高原只不过是掩人耳目而已。

十津川也同意龟井的观点,觉得星野最初是想去草津的,罪犯也是这样想的。但是他知道自己的行动已经受到警方的监视,所以改变了主意,不直接去草津,先去了志贺高原,让警方误认为他这次纯粹是出去旅游的。但是他对罪犯为什么特意把星野叫去草津还是心存疑问。

西本推测罪犯或许是草津地方的人,龟井驳斥说不可能,因为罪犯是在伊纪胜浦作案的,他应是和胜浦有关系的人。再说罪犯为了交钱凭什么特意把星野叫到和自己有关的地方去,这无疑是一种自杀行动。

这时,十津川若有所思地问三田村:"星野在草津是住在新草津宾馆吗?"三田村点头道:"是的。"

"他为什么要住这家宾馆?"

"这难道不是罪犯指定他住的吗?罪犯一定也住在这家宾馆里。"

面对三田村自信满满的回答,十津川并不同意,尽管这样的可能性极大,但他觉得罪犯绝不会那样傻。为了彻底搞清这个问题,他决定带着龟井一起去草津进行实地调查。

两人当天乘车赶到草津,住在那家新草津宾馆。

用完餐,他们在宾客里散了一会儿步,没有什么新的发现,只得在一楼大堂旁边的酒吧里闷闷地喝着咖啡消磨时光。这时,十津川听到身旁的一个客人问妈妈桑:"宾馆的宣传册怎么变了呀?还不如原来的好。"妈妈桑说是宾馆的经理决定的,她也不知道为什么。客人悻悻地离开了酒吧。十津川对龟井说了声"你坐在这儿不要动!"随即跟了出去。他在电梯间的前面追上了那位客人,向他打听小册子变化的情况。

那位客人说,原先的小册子上刊载着同系统的宾馆,但这次新版的小册子里却没有了这部分内容,他不知道去同系统宾馆的地址,感到十分不便。十津川好奇地问他要去哪家宾馆。客人称是新胜浦宾馆,还说这两家宾馆是同一个老板。新胜浦宾馆的总经理是老板的夫人,新草津宾馆的总经理是老板的妹妹。十津川听了窃喜,万没想到不经意间获得了如此重要的信息。他赶紧返回酒吧,对龟井故作神秘地小声说道:"明天去胜浦,我想实地验证一下。"

第二天,两人连早餐都没用,匆匆地乘车赶往胜浦。

出了胜浦车站,十津川和龟井立刻来到附近的观光问讯处打听新胜浦宾馆的情况。问讯处的工作人员说新胜浦宾馆就在海岸边,是胜浦地区最有实力的宾馆之一。宾馆的老板叫寺冈保太郎。

十津川试探地问道:"我昨天住在新草津宾馆,那儿的服务员推荐我住这儿的新胜浦宾馆,说是同一个老板的宾馆,对吗?"

"那当然。"对方肯定地回答。

十津川和龟井不由得面面相觑,他们的猜测终于得到了确认。接着,两人直接去了位于海岸边的新胜浦宾馆。他们没有直接入住,而是走进附近的一家茶馆,向妈妈桑继续了解有关寺冈保太郎的情况。茶馆的妈妈桑经不住两人的缠磨,和盘托出了所知的情况:寺冈今年四十五岁,原先是个职业棒球运动员。他长得威猛高大,而且十分喜欢女人。至于为什么会替"春花"夜总会的晴美出巨资建新店,妈妈桑也觉得不可思议,晴美相貌平庸,已是个徐娘半老的中年妇人,没什么特殊的魅力。不过,妈妈桑又透露了一个秘密,当时的"春花"夜总会共有两层楼。只有身份特殊的高贵客人才安排上楼。外面传说,三月二十四日晚上,松田和本桥发生争吵时寺冈就在二楼。至于寺冈和松田的关系,妈妈桑也说不清楚,但肯定两人一定认识。由于松田手握 S 金库贷款的决定权,求他贷款的人很多。新胜浦宾馆表面上没作改造,但准备在内部进行一个规模宏大的改建工程,需要大量的资金,所以寺冈和松田一定有业务上的往来。

十津川听了大有收获,立刻告别了茶馆的妈妈桑,决定去新胜浦宾馆现场查看那个内部改造工程。于是,两人化名住进了新胜浦宾馆。稍后又来到那个改造工程的现场。

宾馆的背后原先有一座小山,一直是宾馆发展的障碍。他们去现场时发现那座小山已被彻底削平,目前正在修筑一条通往国道的

185

道路。施工现场的告示牌上清楚地写着改造工程始于四月二十五日。十津川看了顿时豁然开朗。

回到房间后,他又向进房送茶的服务员打听工程的情况。服务员说这项工程花了不少钱,是宾馆向 S 金库融资后才正式开工的。

服务员离开后,十津川对龟井兴奋地说道:"现在所有的证据都已收集到了,我们必须赶快行动。你马上把东京的三田村叫来,和他一起去鸟羽把'春花'夜总会的妈妈桑晴美控制起来,如果我推测正确的话,她一定掌握了寺冈的死穴。"

安排好行动计划后,十津川直接来到大堂的服务台,向服务员出示了自己的警官证件,要求立即和寺冈见面。

七八分钟后,十津川被带到了五楼的社长办公室。

寺冈皱着眉头接待了十津川。未及寒暄,十津川单刀直入地问寺冈是否认识土屋悟、小寺和星野,寺冈矢口否认。

十津川严肃地告诉他这三人都是连续被杀的受害者。寺冈称和自己没关系。

十津川话锋一转,又问起三月二十四日夜晚发生的那起凶杀案。寺冈说知道这事,案子已由县警署侦破结案,罪犯也已入狱。

十津川坚定地告诉他,此案并没有真正完结,最近发生的三起凶案都和三月二十四日凶杀案有关,所以本桥不是罪犯,真正的凶手一定另有其人。寺冈继续辩解说这些都和自己没关系。

十津川威严地对他说道:"现在这个案子该结束了,我们已经查明真正的凶手就是你。"

寺冈气急败坏地大吼:"我要通过律师控告你!"

"没关系,这样正好把你的事来个大揭底。"十津川气定神闲地说道,"三月二十四日夜晚,你就在'春花'夜总会的二楼。清楚地知道松田和本桥发生争吵的情况,所以你就觉得机会来了,如果今晚杀了松田,别人一定以为是本桥干的。于是,你就在海岸边殴杀了松田。

结果正如你所想的那样,警方逮捕了本桥,并由法庭判罪入狱。但你没想到行凶时恰巧被偶然经过的土屋悟等三人看见了,你不得不用金钱收买他们,向每个人的账户打入一千万日元。此外,还有一人也知道你的罪行,她就是'春花'夜总会的妈妈桑晴美。但她在回答警方询问时,故意隐瞒了你当晚也在现场的情况。作为对她的回报,你出巨资为她在鸟羽开了一家新的夜总会。"

"就这些吗?"寺冈有些不屑地问道。

十津川继续侃侃而谈:"你以为这样做就把什么事都摆平了。万没有想到本桥的女儿久美带着他的男友、现职警官三田村在十一月来南纪旅行。这把你和那三个被金钱收买的人吓坏了,以为他们是专程来调查事件真相的。那三个人中的土屋悟第一个动摇了,产生了向警方自首的念头。为了封住他的口,另外两个同伴在多气车站把他杀害了。"

"这和我没关系。"

"是的,这事看起来是和你没关系,但是你却害怕了。担心其他两人也会动摇,向警方说出真相。同时你也开始注意三田村和久美的举动。于是,你首先利用去东京出差的机会在小寺的家中杀害了小寺。但这还不算完,只有把第三人星野的口封住才能安心。恰在这时,星野又向你提出了勒索的要求。由于你那时人在新草津宾馆,所以就叫他前往草津。喜欢旅游的星野毫不怀疑地答应了你的要求,他先去了志贺高原游玩,然后再到草津住在你指定的新草津宾馆。久美和三田村也一直尾随着跟踪星野,但他们并没有发现星野从谁手里接受二百万日元和那箱毒酒的情况。他们无论如何都不会想到星野所住的宾馆老板就是罪犯。所以你就直接杀害了第三人。说到底,那个土屋悟之死也是你的间接所为。"十津川肯定地做出了结论。

寺冈依然百般狡辩:"我为什么要杀害松田?我对这个人是非常尊敬的。"

十津川轻蔑地一笑，"果真如此吗？你一直想削除宾馆后面的小山，但需要大量的资金。由于银行不同意融资，你不得不请 S 金库帮忙，但他们不也是一直拒绝你的请求吗？只有在金库的副理事长松田死后才突然同意融资，使你如愿以偿地开始了施工计划。这说明什么？说明你和松田的关系很坏，只要他在，你就得不到融资，他死了你才会实现梦想。"

　　"你说了那么多有什么证据吗？"

　　"现在还没有直接的证据，但我们已经找到了关键的人，她就是'春花'夜总会的妈妈桑晴美，她和那三个人一样都是你作案的知情者。一旦说服了她，你的阴谋就会真相大白。"

　　寺冈听了沉默不语。估计他一定想到了晴美。

　　十津川见火候已到，说了声"我还会再来的"就离开了社长办公室。

　　他刚回到房间，龟井就打来了电话，说他和三田村正向"春花"夜总会的妈妈桑晴美调查那个案件，突然又有电话来，晴美就慌慌张张地进办公室接电话去了。

　　十津川说刚才和寺冈见过面，给他施加了压力，所以这个电话极有可能是寺冈打来的，也许是为了统一口径，要多加注意。

　　接着，十津川又打电话给东京的西本，要他明天也赶到胜浦来。

　　没过多久，龟井又打来了电话。由于来电都是宾馆总机转来的，所以十津川明白他们谈话的内容一定会传到寺冈的耳朵里。于是他将计就计利用这种方式再度给寺冈增加压力。十津川先问晴美现在的态度如何，龟井说总的来看有些心虚，但有些地方态度很强硬，特别是接到电话后更强硬了，也许寺冈又许诺多给她钱了吧。十津川说是啊，因为晴美已经犯了伪证罪，所以总想以此进一步敲诈寺冈。龟井又说现在的晴美对寺冈的威胁极大，是颗不知什么时候会爆炸的炸弹，所以不封住她的口寺冈就会寝食难安的。十津川嘱咐龟井要和三田村一起好好看着晴美，以防不测。

第二天，西本和日下两人赶到胜浦。十津川要求他们去胜浦的街头调查有关寺冈的情况，特别是他和松田的关系，就是让寺冈知道了也在所不惜。

西本担心被县警署知道了可能会有不便。十津川说不要紧，三月二十四日案件中并没有出现寺冈的名字，所以警方不会有意见。两人立刻领命而去。

傍晚，西本和日下兴冲冲地回来向十津川汇报情况。据他们调查，寺冈和松田是水火不容的敌对关系。主要原因是在三年前町选举时，松田支持现任的町长，而寺冈支持反对派的候选人，所以两人的关系急剧恶化，松田甚至扬言绝不融资给寺冈和其他支持反对派的人。听说当时新胜浦宾馆要融资三十亿日元，在松田掌权的情况下根本无法实现。松田死后，S金库理事长是个不关心政治的人，不论是谁，只要符合融资条件都予批准，所以寺冈最终实现了他的计划。

听了西本的汇报，十津川长舒了一口气，微笑道："如果是这样的话，寺冈就有充分的杀人动机。"

晚上，龟井和三田村再次去了鸟羽的"春花"夜总会，虽然明知晴美不会招供，还是去对她不断施压。

第二天，西本和日下再次外出打听情况。十津川给课里打电话，要求留在东京的清水赶快去调查位于四谷的新胜浦宾馆事务所，查清在小寺被害的那一天，寺冈是否来过事务所。虽然这不能说是寺冈杀害小寺的证明，但如果寺冈那天在的话，至少有重大的嫌疑。

第二天夜晚，在鸟羽的龟井突然语气紧张地给十津川打来电话，报告说"春花"夜总会贴出告示，称出于内部装修需要，从今天开始连续三天临时停业。龟井估计晴美可能外出和寺冈密谋。他问寺冈现在的情况怎样,十津川回答寺冈还在新胜浦宾馆里。但他认为晴美一定是按寺冈的指示外出的,两人见面的可能性很大。他们会在哪儿见面呢?十津川感到这是个让人十分困惑的难题。显然,晴美不可能来新胜浦宾馆,因为自己就在这儿,她也不会待在家里,刚才龟井已叫三田村去她家查过,证实她不在家。去东京也不可能,因为寺冈一定知道警方正在那儿展开调查。最后,十津川断定他们去的地方一定是草津。一则寺冈是草津地方的人,再则那儿也有他名下的宾馆,况且那儿的警方还没有动作。于是,他命令龟井继续留在鸟羽,派三田村直接去草津跟踪调查。接着,他又命令同住新胜浦宾馆的西本和日下迁至宾馆附近的公寓秘密监视寺冈的动向,自己则依然留在宾馆里掌握全局。

没过多久,寺冈突然从宾馆里消失了,他的坐车还好好地停在停车场里。

十津川没料到他会利用其他交通工具外出,一时感到很被动。与此同时,他又获悉宾馆施工用的一辆翻斗车也突然不见了。据工程负责人说翻斗车的司机是个近三十岁的青年男子,从昨晚开始就去向不明。十津川由此判断寺冈可能驾驶了这辆翻斗车去了草津。立刻命令全体人员赶赴草津。西本担心如果方向搞错了该怎么办,十津川坚定地回答:"情况紧急,我们就赌上一把!"

接着,他打电话给鸟羽的龟井,命令他马上去草津会合。

已经进入了冬季,草津一带雪花飞舞。

十津川一行到达草津后立刻和群马县的警署联系,告知那辆失踪的翻斗车的车牌、车体颜色以及开车人的容颜等特征,要求他们协助调查。

此时,新草津宾馆里不见晴美的身影,也没有寺冈到来的迹象。十津川坚信寺冈此行必定是来杀害晴美的。那三个目击者已经死了,现在只剩下晴美一人是知情者。只要把她杀了,就再也没有确凿的人证了。晴美全然不知她的危险,也许还在盘算如何向寺冈勒索更多的钱,真是个愚蠢的女人。

由于一时没有两人的确切信息,白白地浪费了一天。

第二天,终于传来消息说晴美在高崎车站前面的出租车公司租借了一辆白色的丰田车。十津川当即决定自己方面也驾车行动。他向群马县警署借了两辆警车由三田村、西本等人使用,自己租借了一辆小轿车和龟井一起行动。十津川估计两人不可能在草津温泉见面,多半会在道路的中途相聚。

草津面前有两条道路,一条开往涉川,一条开往轻井泽。十津川要其他人去了涉川方向,自己和龟井前往轻井泽方向的道路。这条路上,曾发生过星野被毒杀的事件。

天空暂且停止了下雪。

这时,传来了晴美的白色丰田车出现在轻井泽道路上的消息。十津川和龟井立刻上车开足马力朝轻井泽方向疾驶而去。当轿车超过晴美的丰田车后,十津川慢慢地降低了车速。

这时,那辆白色丰田车突然停了下来。也许是晴美注意到了十津川等人不便前行,也许这儿就是寺冈指定的地方。十津川不得不停下车,在相距七十米左右的地方就地监视。

天空又下起雪来,四周是白茫茫的一片,视线很差。

就在这时,从白色的雪雾中突然冒出一辆黑色的巨型翻斗车,正对着白色的丰田车直冲而来。十津川和龟井一见大事不好,立刻冲出车门,拔出手枪,朝着丰田方向猛跑。一边跑,一边高声叫喊:"停车! 翻斗车停车!"

翻斗车毫不理会,继续隆隆地开来。

丰田车里的晴美似乎也发现情况不妙,慌乱地准备弃车逃跑。但她在情急之中怎么也打不开车门,显得非常狼狈。

十津川一看情况紧急,立刻朝着翻斗车开了一枪以示警告,但翻斗车仍然没有停车。

"龟井,开枪!"十津川大叫一声,两人同时瞄准驾驶室连发数枪。

刹那间,驾驶室的窗玻璃被打碎了。翻斗车一个急刹车,横在了道路的一边。

十津川命令龟井看住晴美,自己直接冲向那辆翻斗车。当他打开驾驶室的车门,发现寺冈歪着身子,脸上不停地淌着血。他没有死,只是一个劲地呻吟着。

没过多久,十津川叫来了救护车,把寺冈送往医院救治。

被救的晴美马上向警方和盘托出了三月二十四日夜晚凶杀案的真相。证实那个被害的松田离开夜总会不久,是寺冈追上去杀害了他。

躺在医院里的寺冈也在病床上招供了全部犯罪经过,承认是他亲手杀了小寺和星野,但没有杀土屋悟。十津川认为寺冈的口供是可靠的,土屋悟的死多半是小寺和星野干的。另外,寺冈也承认在胜浦给西本和三田村送去恐吓纸条以及打电话威胁久美的事都是他干的。

案情终于大白,十津川非常高兴。至于三田村和久美两人将来的关系发展如何他却一无所知。

危险的投诉

（日）山村正夫

1

"喂！你还不睡？我可要睡啰！"

丈夫宏脱下了上衣，关上电视机，像河马似的伸着懒腰嚷道。他昨天刚出差回来，大概是觉得累了，再说明天还得提前一小时上班。

"哎！你先睡吧！我收拾了餐具就来。"

妻子泰子在厨房里停了一下手，回过头来应道。她自己也说不清这句话竟是那么机械地脱口而出。

"烟抽完了，再给我一包吧！"

丈夫从沙发上起身走到厨房门口伸出了手。

"你在看什么电视？"

"还不是老一套的午夜短剧，真是越看越腻了。"

"不是挺有意思的吗？报上登了今天是由户仓绫子主持节目哪。"

"唔，就是她一个人在高谈阔论，净谈些未婚女人生下私生子的是呀非的，如今的电视快成了性问题的专科门诊了，你说有趣不？"

"咦，你刚才还在说看腻了，不是看得很认真吗？"泰子嗔道。

"你少贫嘴！清官难断家务事。你想，这夫妻生活就是请一个医学博士来当调停委员，他能说得清荷尔蒙失调的谁是谁非来？我去

193

睡了。"

丈夫从妻子手里接过了七星烟愤愤地说着,转身就往楼上走去。

"等一等,这个别忘了!"

泰子匆匆地从冰箱里取出一杯饮料递给丈夫。杯里透明的液体是泰子自己配制的特殊饮料,那是蜂蜜、生鸡蛋、胡萝卜、大蒜等食物混合而成的一种壮阳剂。

"啊,又来了。"

丈夫皱起眉头,无可奈何地摇着脑袋,端着杯子上了楼。

泰子目送着丈夫的背影轻轻地叹了一口气。

也许随着岁月的流逝,任何热恋后结合的夫妇都会有这种悲哀。如果是新婚燕尔的夫妇,丈夫先去就寝前也会轻轻地搂起妻子,报以一个优雅的吻。有时虽然不免带点任性的强求,但对妻子来说是一种专爱的表示,会感到格外幸福。可是,这种爱的新鲜甘甜只相持了一年多,往后则逐年变得乏味了。

他们夫妇间的感情并不是急剧冷却的。泰子和丈夫结婚已经八个年头了,迄今为止都深爱着对方。从年龄的角度来说,双方都还年轻,唯一的遗憾是没有孩子。但即便如此,还未在两人平静的生活中造成阴影。

然而,这二三年来丈夫的精力明显减退了,这是怎么回事呢?情况似乎比周刊杂志或妇女杂志上列举的事例还要坏得多。有一段时间,她甚至担心丈夫的身体是否得了什么病,可又没有发现他有任何的缺陷。宏在学生时代就是个小有名气的运动员,健康状况似乎无懈可击。会不会是自己缺乏女性的魅力呢?她也不时这么想过,但似乎又不是那么回事。只是夜间的夫妇生活次数越来越少,甚至半月、一月不同床的情况也屡屡有之。据说学理工科的人对夫妇做爱看得比较淡薄,泰子自己也这么理解,但与新婚期的情况毕竟有天壤之别。泰子保留着自新婚以来的夫妇性生活记录,她不得不面对这个严峻的事实。

他昨夜出差回来，一洗完澡就自顾自地上了床。嘴里唠叨着"噢，累死了，困死了!"，不一会儿就已鼾声如雷。泰子平生第一次真正感到了不安，她是如此期待着远道归来的丈夫的爱抚，然而等到的似乎是一种嫌弃，这样下去如何是好?!

泰子家住在一幢分期付款的独立住宅，生活上可以说是很美满。两个月前，泰子给丈夫看了自己珍藏的记录，对他诉说了衷肠，言语里充满了柔情蜜意。宏望着妻子，说了这番话："现在的问题是家庭生活太平稳了，所以性刺激也就没了，人是一种容易满足的动物。比方说，像色情电影、黄色照片看多了谁也不会引起特别的感觉。就是这么回事! 据说在美国，一些夫妇间流行交换，看来我们夫妇也需要玩这类游戏呢!"

宏的语气里没有戏谑，他是认真说的。过后的一段时间里，宏也热心起黄色照片来，可不久又兴味索然了。泰子似乎从中领悟到了什么。不管怎么说，至少丈夫宏已经提出了一个建议，有一段时间泰子的头脑里也老想着这件事。可是，要寻求刺激，像美国人的夫妇那样交换，那太过分，多羞人呵! 显然自己是断然没有这份勇气的。

宏上了楼后，泰子匆匆洗完了餐具，她突然有了一个新的主意。丈夫刚才随口说到的那个户仓绫子启发了她。

户仓绫子不仅是最近走红的电视节目主持人，还是报纸和周刊杂志上颇具人气的个人问题专栏的解答人。泰子家订的 A 报晨刊上的人生问题专栏就是她主持的，泰子也常读她的文章。两三天前，附近公寓居民区的妇女文化团体请她做过演讲，泰子还记得招贴上写的讲题是"妇女解放运动和女性的性革命"。泰子决定向 A 报社的户仓绫子写信投诉。她过去曾就社会问题向报社投过几次稿，但这次性质迥然不同。她犹豫过，担心万一搞得不好，反而会造成夫妻关系上的裂痕。但是转念一想，又觉得与其现在这样平平淡淡下去，不如作一次冒险的尝试。再说信稿发出去后报社是否会采用也未可知，反正到时候再说了。

泰子对户仓绫子并没有什么好感。因为绫子一直是以洞悉人生一切的哲人或教师的形象出现的，所以泰子心里对她多少存有一些不满和反感。尽管这样，泰子还是决定向绫子投诉，她的动机里多少带有恶作剧的成分。

虽说是谈论个人问题，泰子并没有打算向她倾诉自己对丈夫的不满，以取得对方的帮助和指导。她的用意恰恰相反，只是想利用一下这个户仓绫子。到那时候，丈夫一定会……

宏已经入睡了，楼上悄然无声。

泰子取出信笺和钢笔就在厨房的桌边坐了下来。该写些什么呢？泰子迟疑了一会儿。对了，就这样！她的头脑中燃起一种恶作剧的意念，随即挥笔疾书……

2

A报社的个人问题专栏记者饭沼升治像往常一样，上午十点来到了田园调布的东光公寓。户仓绫子和佣人兼秘书的一位姑娘就住在公寓的五楼，是一个三室一厅的宽敞舒适的套间。饭沼抱着一个胀鼓鼓的大公文纸袋上楼，他每星期为绫子送一次稿件。通常，绫子对这些稿件先通阅一遍，然后选出一件，撰写解答文章。

绫子请饭沼进了书房。她一边喝着咖啡，一边在离婚调解问题的稿件上浏览。户仓绫子今年38岁，未婚。那张整过容的脸上经过浓妆显得比实际年龄要小些。她穿着入时，带着一副高级的金丝边眼镜，给人一种冷峻、高雅的感觉。

"先生……这些是本周的来稿。"

饭沼谦恭地喏喏着,从公文纸袋里取出了稿件。绫子的转椅转了一个方向朝着饭沼,她推了推鼻梁上的眼镜,"哦,还不少哪!怎么样?有没有离奇的?"

"嗨!还是八九不离十,大多是些老生常谈。什么失身的姑娘问能否向有妇之夫索取慰问金啦;失贞的妻子问该不该向丈夫讲明啦……不过有一份稿件倒还有点价值……"

"什么样的稿件?快让我看看!"

饭沼把来稿递了过去。绫子匆匆地从信封里掏出了信笺,上面这样写道:

我是一个二十九岁的家庭主妇,结婚八个年头还没有孩子,和丈夫两人住在东郊自己的住宅里过着安稳的生活。丈夫是个善良正直的公司职员,是电力公司的技师,我们在日常生活上没有任何不满足。但是,最近我遭到了突如其来的厄运。自那以来,我每天都在忧郁中度过。那是一件不便启齿的事件,有一天,我丈夫出差不在家,我偶然夜间外出,归途中遭到了暴徒的袭击。一个年轻的男子驱车过来招呼我,突然抢去了我的提包,还将我抱到他车里施暴。我害怕丈夫知道这件丑事,所以至今未敢向他说出事实,也没有去报警。我今后该怎么办?自己也茫然无措,只得恳求您为我指点迷津。

田无市、一个烦恼的少妇

"真是太奇怪了,今天这个时代里竟然还有这种老思想的人!仅仅这么一个过失,会如此惶惶不安。"绫子将信笺放回信封里后重重地叹了一口气。

"这种疯狗一般的男人,尽快交给警察缉拿不就得了?我真想说,这个女人究竟是怎么考虑问题的?您说呢?"饭沼惴惴地说道。

"是呀!"

绫子的脸上闪过了从未有过的兴奋。当她注意到饭沼的困惑眼光时,立刻窘迫地掉转视线喃喃地自语道:"我真是义愤填膺,不知该说些什么好了。"

"这类事会令人痛恨,那是自然的。不过,我想那女的也有责任。当她被拖进男子的车内之前,应该觉察到这种危险,应设法逃跑或者呼救。据我推测,写这封信的家庭主妇在那个男子招呼她的时候,至少有一种朦胧的期待……"饭沼直率地谈出了自己的观点。

"呵! 我不同意。你说在那个时候她应该有所警惕? 就说以前发生的那起大久保事件吧,不少人都轻率地指摘女方也有责任,但我却持反对的态度。女人在有人亲切地招呼时会出现瞬间的动心,这是女性的自然生理特性,而利用女人的弱点施行暴力,这个罪责只能归咎于男方。"

绫子像是为自己在辩解。饭沼有些摸不着头脑地说道:"不过,从信中的内容来看,我觉得那暴徒最初的目的似乎只是想抢她的手提包,而在犯罪的过程中又起了恶意。"

"对! 对,是这样的!"绫子涨红着脸接口道,"我对这类事一直是很感兴趣的。"

"您是说……?"

"当然我指的情况不同。我发现,报纸上经常有强盗趁年轻主妇或姑娘单独在家的时候侵入的报道。这类报道往往对强盗手持凶器闯入,将被害人捆绑之类的经过写得十分详细,淋漓尽致。而对其他的事则一掠而过。当然,这是出于对被害人人权的尊重,唯恐影响被害人的声誉。可是你想,那强盗抢了钱财,他真的就离开了吗? ……假定你饭沼先生是个强盗,你会怎么干?"

"如果换了我,就不客气了,干脆一不做,二不休……"

"不客气? 你这样说太不文雅了。不过,就是这么回事吧?"绫子城府很深地说道,"男人都是坏东西,既下流又野蛮。"

"啊,失礼了!"饭沼惶恐地低了一下了头,"好吧,这事就谈到这里了。这件来稿有些离奇,您是否认为有登在个人问题专栏上的价值呢?"

"哎,我同意!"绫子爽快地回答。

"那么就拜托您替她写解说了。"

"那当然,我要对此类事件作坚决的抨击。不过,在此之前,我希望见见她本人,再了解得深入些。呵,请等一下! ……"绫子回头问秘书,"我今天的日程是怎么安排的?"

"哎……,下午一点要去出席关东电视台的教育讲座,是与女作家荒木圆子对谈。题目是'美国的妇女解放运动现状';两点去出席茶水町 M 会馆妇女文艺社主办的讲演会,讲题是'性开放的是与非'。"

"啊,还是这个题目。"绫子沉吟了一下说道,"如此算来,下午一点之前还有时间。饭沼先生,你看……"

饭沼正在聚精会神地看着桌上的黄色画报,听绫子这一说,慌乱地抬起头:"哎……哎! 对不起! 您说什么来着?"

"我还没说呢。你知道我一直很忙,今天上午正好还有点时间,我想去访问一下那个投诉的妇女。"

"先生您亲自去?"

"是的,田无市很近,就在我上次去演讲的公寓居民区那一带,说不定她也听过我的演讲。你是开车来的吧? 能陪我一起去吗?"

绫子不容分说地站起身来。

3

宏刚去上班,泰子就迫不及待地翻开了 A 报的晨刊。信投出去至今已经五天了。差不多该刊登出来了吧? 然而她还是失望了。也许他们不采用了? 她心里有些忐忑不安,自己也说不出是什么滋味。

也许信封上不该直接写户仓绫子收。谁知道这样能否转达到她的手里？泰子已经不抱希望了，也许通过写这封信来刺激丈夫，本身就是一个错误。这样想来，她又觉得坦然了。无意间，她又翻到了晨刊的社会栏，上面也没有什么有趣的内容，只刊登了这样一段报道：在晴海的填海工地上发现了一具40岁光景的男尸。尸体被埋在地下，正巧在平整地基时被工人发现。尸体上留有被车辆撞击的明显伤痕，警方对此正在进行调查。据初步分析，死者是被车辆撞死后转移到该地的。这段报道没有引起泰子多大的兴趣。她放下报纸，正要去洗衣服时，突然透过窗户发现门前停了一辆小汽车，而且看清了那是一辆报社的车子。泰子顿时心慌意乱起来，因为她看见一个青年男记者身后下来的正是电视里常出现的户仓绫子。她穿着一件很气派的风衣，正和那个青年男记者在住宅门口比划着说些什么。

　　一般而言，在报上个人问题专栏刊载的信稿都是匿名的，但投寄的信封上必须写明住址和真实姓名，也许他们就是顺着这条线索找来的吧？他们会不会是看出我的投诉有破绽，特地前来核实情况的？

　　门铃响了三遍后，泰子慌乱地过去开了门，一见到绫子和蔼的笑容，她的心稍稍安定下来。

　　绫子微笑着问道："您就是高见泽泰子吗？按了几次门铃，我还以为您不在家呢。"说着她又瞧了瞧身边的饭沼，饭沼马上递上了自己的名片对泰子介绍道："这位是……"

　　"我认识，是户仓绫子先生吧？"

　　"啊，没想到我真的这么出名，哈哈！其实，我看了你的来信，就想……"

　　"真过意不去，像先生您这样的大人物特地登门来访……"

　　泰子的脸颊通红，结结巴巴地招呼道。在这种情况下，如果对方真的追根究底地追问，她准会露出馅来。

"没关系,您别这么说,跟自己的姐妹坐在一起谈谈,帮忙排解一些烦恼,这是我的义务。我们进屋去谈谈好吗?"

绫子说罢,不等泰子缓过神来,径直向房间走去。

进房后,绫子毫无顾忌地打量起房间的家具、陈设。正在慌乱递茶过来的泰子感到浑身不自在,就像她裸露全身入浴时让人看见了一般。

"你的房子很漂亮嘛,果然如你信里所说的那样。恕我冒昧,一般收入的职员是没有这么个条件的。看来你丈夫的收入相当可观呀。"

"哎呀!我们也是很勉强地建起自己住房的。丈夫用公司的退职金担保借钱买地,建筑金也是借的,每个月的按揭真够呛。"泰子急忙解释道。

"能建成这个家就很幸福啦。现在不知有多少人还在为单门独户的美梦艰苦奋斗呢。好吧,我们今天就不谈这些了。"

绫子从手提包里取出泰子的信,马上进入正题:"我看了这封信,想直接找您谈谈。因为光从来信的内容看,情况还不够清楚……另外,你后来对丈夫谈了吗?"

"没有。"

"也没去报警?"

"嗯,如果去了准会传到我丈夫耳里。再说报了警就会被他们刨根寻底地问个没完……"

"是呀,这倒也是,不过,希望你能相信我,同我详细谈谈那天晚上的情况。不管怎样难以启齿,你都不要怕。"

在绫子热切的目光下,泰子有些动摇了。绫子以为泰子真的羞于启口,故意凑过来亲切地问道:"你说那天丈夫出差了。还记得确切的日期吗?"

"当然记得……嗯……那是……"

泰子转身指了一下日历,马上又垂下眼睑尽力避开绫子的目光,"是八天以前的夜里,……啊,对了! 是先生您去前面居民区文化团体演讲的那天。……时间么……是在晚上十一点左右。"

"你这么晚了还出去干什么?"

"哎……干什么? ……当时我牙痛得厉害。"

"牙痛?"

"是的。我给附近的牙医打了电话,后来直接去他那儿取药的。在回来的路上……"

"你说有辆车向你开过来,那是在什么地方?"绫子俨然是刑警的口吻。

"就是公寓区稍稍前面一点的地方。那里路灯也没有,我正走着,一辆白色的小车从后面开了过来。"

"后来呢?"

"嗯,后来……是这样,车突然在我身边停下,车里有人朝我叫了一声,车门就打开了,一个青年男子探出身来抢走了我的手提包。"

"你还记得那人的脸相和服装吗?"

"当时很暗,我看不清楚。只记得那人二十来岁光景,好像穿着工作服,留着长发。还有,车上正播放着音乐。"

"你如果这样去报警,线索就显得不足了,后来呢?"

"我要去夺回手提包,却被他抓住手臂拖进了小车……"

"你被拖进车子里了? 好吧,下面就不要谈了,反正对方已经触犯了刑法第175条。接下来你把细节省略掉,再谈谈后来的情况吧。"

泰子对站在边上瞪大着眼睛直咽口水的饭沼瞥了一眼,继续说道:"后来也就没有什么可讲的了。那个男子在车内将我糟蹋了,又粗暴地扔下了我,开车逃走了。"

"就这些? 那辆车朝哪个方向逃走的?"

"他开车过了公路往右拐,那里有所 T 小学。后来车又拐进校舍边上一条小路很快消失了。不过,我看了那辆车的车牌……"

"哦……你还记得?你要记住车牌就行了,罪犯就逃不掉了。"

"可我也不敢认定。记得好像是多摩 3-37x 2。"

"是吗?那么你没有去追踪那辆车?"

"追是追了,可追到小学拐角那里……"

"你就追不动了是吗?"

"嗯,是的……"泰子含含糊糊地应道。

饭沼看了看手表,"先生,我们得走了,去关东电视台还得开快车才行呢。"

"哎呀!到时间了。那么该告辞了。"

绫子优雅地站起身,又对泰子说道:"我们刚才只谈了您被害时的情况,关于您的烦恼,由于时间关系还来不及细谈。不过,您的投诉会马上见报,到时候请你细看……至于我在专栏上写的忠告您是否接受,全靠自己判断了,这样好吗?"

高见泽泰子的投诉和户仓绫子撰写的解答刊载在第二天 A 报的晨刊上。

绫子的解答其实是极平常的老生常谈。她主张这位主妇应及时向警方报警,并且对自己的丈夫坦诚相告。一句话,这个解答等于不说。泰子看着报上的铅字心里七上八下。她丝毫不在乎绫子如何说教,却心甘情愿地去执行绫子的一个忠告……

那天正好是星期天。泰子小心翼翼地将报纸折叠好带到二楼的寝室,心里像揣个小兔似的怦怦乱跳。丈夫正在发挥假日的最大特权,用被子蒙住头呼呼大睡。泰子坐到枕边强忍着笑,装出一副沉重的表情,摇醒了丈夫。

"喂,你醒醒,起来!你看这报纸!"

"干吗?才九点哪。"

丈夫老大不高兴地睁开了眼，"难道星期天你就不让人家多睡一会儿？有什么重大新闻？"

"当然有。你看了就不会那么'温吞水'了。"

"烦死了，哪里，在哪里？"

宏一如往常地伸了个大懒腰后，坐起来点了一支烟拿过报纸。泰子屏住呼吸，紧张地望着丈夫。但宏的目光却停留在社会版上。"嗬！晴海工地发现的尸体身份查明了？是田无市 T 小学教师杉浦富太郎。T 小学不就在这附近吗？"

"是吗，我还没看过这段报道呢。"

"什么？你不是极力推荐我看吗？"

"不对，你知道我平时不看社会版报道的。"

泰子焦急地指着报上的家庭个人问题专栏。

"这又怎么啦？"

"你先看看，你知道这是谁投的稿？是我写的。"

"什……什么？"

宏一下子翻身下了床。

"喂，这上面写的都是真的？"

"我怎么可以青天白日里信口编造？"

"……"

宏哑然地张大了嘴，似乎还不能接受这突如其来的事实。须臾间，他的嘴角剧烈地抽动起来，额头上暴起了青筋，整个脸形都扭歪了……泰子头一次看到丈夫的这般表情。哦！泰子陶醉了。

"混账！"

啪的一记耳光扇到了脸颊上，泰子觉得一阵麻木，似乎面颊骨都被击碎了，她一时失去了知觉。自从结婚以来，丈夫从没有这样粗暴地打过泰子。但她在痛苦中却奇异地感到了另一种遍及全身的快感。

"对不起！"

她捂着脸眼泪汪汪地呜咽道。这时的眼泪在丈夫的眼里是她忏悔、屈辱的表示，也更增添了泰子演技的逼真度。

"为什么你一直瞒着?！"

"所以刚才向你道了歉，我也没办法，这是不可抗拒的呀！"

"这么一句话就完事啦？你的身体让一个莫名其妙的无赖给糟蹋了，你为什么不先告诉我而去投诉报社？"

宏吼叫着揪住了妻子的头发，把她摁倒在床上发疯似的捶打。

泰子大声哭了起来，"这么说，你不爱我了？仅仅这么一次的过失，你就不原谅我？可我是个被害者呀！你却……"

"正因为我爱你，才憎恶那家伙！一个毫不相干的男人占有了只属于我的你……"

宏的话语开始含混起来了。接着，事态急转直下。他突然温柔地抱起一头钻进被窝里的妻子，顺势也上了床……

泰子惊诧极了，宏像换了一个人似的异常亢奋起来。

"不要！你不是男子汉，你住手！"

被压在下面的泰子一边拼命地挣扎，一边抽出手在丈夫的脸上乱打一气。当然，这挣扎只是一种半推半就式的游戏。丈夫起身拉上了窗帘，她静静地躺着、期待着……

当然，再往下就没有必要赘言了。只是这一天，宏和泰子都有一种从未体验过的新鲜感。这种感觉一直持续了很久。

4

"你是在哄我吧？小坏蛋！"宏用手指轻轻地挠着妻子灼热的脸颊，泰子闭着眼睛甜蜜地躺着。

"啊，你真的觉察到啦？"泰子睁开眼吃惊地问道。

"那还用说！八年的夫妻了，你以为我察觉不出来？傻瓜！你要是真的遇到这种事，平时的神态肯定会有变化的。再说你特意拿这张报纸来给我看就不像，应该做得让我无意中看到才对。所以你马上就露馅了。"

"什么？难道我的演技这么差？"

"演戏我比你在行，高中时代我还是学校剧团的演员。"

"我是文学少女！"妻子不甘示弱地娇嗔道。

"难怪你的投诉文章写得感情很丰富。所以我虽然知道这是你的杰作，但读了它以后还是情不自禁地激动起来，或者说在我的思想中确有这一层的疑念在作怪呢。"

"好吧，算我输了，可是我为了实现这个设想确实动了不少脑筋。我想，不让你突然吃一惊的话就不会有什么效果。"泰子扑在丈夫怀里甜甜地说道。

"当然，这够刺激的。可是，为了让我狂怒去向报社投诉，真是胡来！要是我当了真，会做出什么事，你想过吗？"

"这不很清楚吗？我就是要看你见到这个投诉后做出什么反应，从而来验证你对我爱的程度呀！"

"好了好了，你这是什么馊主意？不过托你的福，我的确从未像今天这样感到满足。"

"我也一样。结婚以来，我们已经好多年没有今天这样亲热了。"

"要是那个老姑娘户仓绫子知道了真相的话，准会气昏了头。"

"我想她不会如此，因为我并不是凭空捏造的呀。"

"这是什么意思？难道你真的……"听了妻子的话，宏一下子跃起身子，正色地问道。

泰子连忙摇着头："不是这个意思，你别误会。"接着她向丈夫讲述了如下的情况：那天，宏去鹿岛火电站出差，泰子突然半夜里牙痛，不得不去牙医那里取药，这完全是事实。而且在回家途中走过昏暗的公路也是事实,只是后文稍有改变。泰子经过那段路时,看见有一辆白色的小车停在前面,这时,有一个女人横穿公路走近小车,突然,小车驾驶室的车门开了,一个年轻男子探出身来夺去了那女人的手提包,那女人慌忙上前去争夺提包,又被那男子拖进了车内,然后开车急驶,在小学的校舍边上拐了个弯便消失了。

　　泰子就是根据自己目击的情景写信投诉的,只是将自己改写成了主人公,而且还加上了一些细节。所以当户仓绫子来调查时,她的回答一半是真实,另一半是自己胡编乱造的。

　　"嗨,竟有这等事? ……那么被拖进去的女人是否面熟? 会不会是附近的居民?"宏双手合抱着问道。

　　"嗯……这就不清楚了,那一带实在太暗,只看到那男子在抢女人的手提包,那男的好像穿着白色的工作服,后来借着尾灯的光总算依稀看清了车型。"

　　"等等! 说不定……"

　　"你怎么啦,脸色一下子这么吓人?"

　　"你说什么呀! 我刚才看到报上报道的那起车祸,那被害人不是身份已经查明了吗? 他就是 T 小学的教师呀!"

　　"哎,这又是……"

　　"你怎么拐不过弯来? 你看到那歹徒的车不就停在 T 小学附近吗? 你不是说后来那车在校舍边上拐弯消失了吗?"

　　"是呀,怎么会这样呢?"

　　"现在不能断定,我们再来看一遍那段报道吧!"

　　泰子拿起报纸翻到社会版。报道里除了说查清死者身份以外没有什么新内容,但有一句话使泰子目瞪口呆。报道说,教师三浦太郎为了准备教材当夜在学校加班到十一点钟左右。与泰子目击事件的时间基本一致。

　　"那我们赶快与警察联系吧?"泰子的声音都变了。

"不行,别那么性急,除了你以外还没有人能证明那辆车就是肇事车。再说你看到的事件或许压根就不是什么抢劫案,说不定是情人幽会呢。就算这两起事件是有关系,我们还是稍等一下,然后再报警也不迟。"

"那倒也是。"

于是,他俩便不再提起此事。

"这次让你这么一来,我可要考虑回敬你一次啦。"宏对妻子狡黠地说道。

"你说什么呀?"

"咦,就是那种精神刺激呀!你怎么不感兴趣啦?"

"那可不是,只要是有趣的内容。"泰子意味深长地问道。

"瞧我的,你这次投诉启发了我。嗨!这回咱俩可得玩一场'捉强盗'啦!"

"有这种游戏?"

"有啊,听说有的夫妇就喜欢玩这种游戏来寻找刺激,虽然明知道对方是自己丈夫,但独自在家的妻子也会吓得心里怦怦乱跳呢。"

"那倒也有趣。不过要来突然袭击才好!"

"那当然,不这样就不惊险。闯进来的人一开始要不露真相。好了,就这样定了!"

宏对自己灵机一动想出的主意十分满意,刚才夫妇俩议论的那起车祸早已忘到了九霄云外。

5

"户仓绫子先生,我心里对您充满感激。遵照先生的教诲,我将报纸给丈夫看了,并向他坦白了一切。我丈夫起先对我一顿痛骂,甚至还粗暴地打了我。但他最后不光原谅了我,而且对我倍加温存,真所谓因祸得福。这次事件使我重新体会到丈夫对我的一往情深,实在太幸福了。我想,或许可以说,那个歹徒的出现反而使我们的夫妇关系维系得更紧了。在这一点上,我听从了先生的忠告。至于去报警的事我想就免了。因为那个歹徒虽然可恶,却成了我们夫妇之间的丘比特……。先生您不必再为我们夫妇担心了,可以尽力为其他有烦恼的女性去分忧解愁。谨祝先生工作顺利。"

一个被您拯救过的女人

泰子将信放进信封,写上了地址。

那天夜里,她一个人在家。宏在傍晚时打来电话,说要为同事顶班,今夜不回家了。(这死鬼一定是在玩把戏,故意打这样的电话)泰子微微一笑,抬头看了一下时钟。此时正好十一点半。她侧耳倾听外面的动静,由于这儿是郊区,十分安静,除了偶尔通过的电车声和狗吠声外什么也听不见。最后,驶过一辆电车,那该是末班车了。

泰子上了二楼铺好睡褥,换上睡衣,拧亮了枕边的台灯,无聊地翻开女性周刊杂志解闷。这时,突然听到楼下有轻微的响动。难道是谁家的猫进来了?泰子心想平时常有邻居的猫溜进家里的厨房。可是仔细一听,不对!是有人连鞋也不脱就进来了。泰子的心怦怦乱跳,以为是宏化装成强盗潜回家来。她屏住呼吸听着,那脚步声越来越近。她明知是宏,却充满了紧张感。那个脚步声在房门口又停住了。

"谁?"

泰子朝着门外叫道。对方没有回答。

突然,门被粗暴地拉开了。泰子全身的血似乎一下子凝固了,她不由自主地浑身发抖。进来的不是丈夫宏,而是一个穿着白色工作服的二十岁左右的男子。泰子认出这工作服是加油站的制服。那男子手里紧攥着一根满是油污的铁链。

"你,就是那天夜里……"泰子的声音变得异常沙哑。

"你真是好记性啊。认出了我这身工作服啦。"

"你,你要干什么? 连鞋也不脱就这样闯进人家家里……"

"是……吗?"

那个男子狞笑着,随口将嘴里嚼着的口香糖吐在了睡席上。

"快给我出去,你再不走我要大声叫人啦!"

"你要叫就叫吧! 大声点! 附近的人家能听得见吗?"

一双沾满泥土的脚一步一步地往睡褥上踩过来,泰子条件反射般地缩到了墙边,她感到全身变得僵硬,连稍稍移动都要花很大的力气。

"唪! 想不到你还这样紧张。放心好了,我不会对你做那天晚上的事,不过恐怕会更厉害一些。"

男子在枕头上一屁股坐了下来,故意将手中的铁链弄得哗哗作响。

"更厉害? 你要……"

泰子的眼里充满了恐怖,弄不清这个男子究竟为何而来。

"唔,其实也没有什么,我只是想向你确认一些事情,当然是指那天晚上的事。"

"你要我说什么? 我只看到你把一个女人拖上了你的车。"

"是的,不过这件事也没有什么。我想知道我的车在 T 小学校舍旁的小路拐弯后的事。"

"那又怎么啦? 我什么也不知道哇,我确实追了几步,可后来就停下回家了。"

"真的吗? 你说得那么轻巧? 还想骗我? 你说后来又看见了什么? 给我说实话!"

男子疑心重重地把脸凑过来紧盯着泰子,口内的气味冲得泰子浑身起了一层鸡皮疙瘩。这一番暗示使反应迟钝的泰子终于恍然大悟。

"这么说,你就是那个罪犯……"

"怎么样? 你总算说出了实话,对吗?"男子的眼里逐渐闪起了凶光,"说来说去也真晦气。那天晚上我真倒了八辈子霉,满以为拖上来的那个娘们是个靓妞,谁知是个要多丑有多丑的大姐,现在想想还恶心。你知道那娘们是谁? 是你很熟悉的人咧!"

"你这么说我怎么知道? 她是谁呀?"

"就是电视里走红的那位性问题专家,有名的户仓绫子先生呀。"

"你说什么? 你怎么可以……"

"你不信是吧? 我也一样,发现是她时真是哭笑不得,那位大姐正好参加了公寓住宅区文化团体的演讲,又在招待会上喝了不少酒,她正要去车站,让我碰巧给拎上了。"那家伙大大咧咧地说着。

"这么说,你拎住了户仓绫子先生,并抢走了她的手提包?"

"是呀,不过当时不知道是她,我想就在这地方不方便。就开车拐过了 T 小学,这一切你都看到了。后来我在小学正门口不远的地方停下了车,黑暗里还辨不清她是谁,等到我办完那件事,她就大叫大嚷,说她是户仓绫子,刚才还如饥似渴的骚娘们一下子就摆起了威势,说要去报警,同我没完。我在情急之中赶紧开车猛跑,正好一个小学的教师走出校门,我被她拉拉扯扯,方向盘失去了控制,后来就……"

"我明白了,后来你就将尸体运到晴海的填海地埋了。"泰子总算弄清了案情的经过。

"是的,这就是那晚事件的真相。好吧,接下来就是收拾你了!"

"收拾? 可我什么也……"

"你还说没有看见? 不! 谁能相信你? 第一,你看清了我的车号,怎么样? 我都知道了吧? 而且还从我嘴里听到了一切,当然不能这样简单地放过你,对不起,只能请你永远闭口了。"

"不! 等一下! 刚才你说我知道车号的事,我不明白你是怎么知道的? 还有我的地址。我现在全明白了,这些都是户仓绫子先生告

211

诉你的吧？"

6

回想起来，她上次来访压根儿没有提起任何个人方面的问题，看来是绫子见到泰子的投诉，担心她是否目击了车祸现场而前来摸底细的。怪不得她闭口不问个人问题，只一味地在事件上刨根问底。

"现在户仓绫子先生也成了那起车祸的同犯。尽管她还在电视里、报纸上像往常那样夸夸其谈，若无其事，但内心却十分紧张，唯恐事件败露。她是个老姑娘，虽然在为他人作咨询，自己不正需要别人帮助，为她分忧解愁吗？总算神灵保祐，打那以后，她对我言听计从。当然作为女人她根本算不上什么，不过她会成为我的财源，这点是不会错的。行啦！爽快点凑过来，横横心让我来赐你个死吧！"

男子的嘴角抽动着，慢慢地站起身来，一双充满杀意的眼睛泛起了冷酷的凶光，像头扑食猎物的猛兽。

泰子靠在墙上不停地喘着粗气，丰满的胸脯在剧烈地起伏着。

"求你了！你们的事，我绝对不说出去，只要你……"

极度的恐怖使泰子瞪圆了眼睛，她紧攒着睡衣的衣襟，哀求着。

那个男子冷酷地摇了摇头，正当他要把铁链套到泰子的脖颈时，"砰"的一声，房门被撞开了，冲进来的正是丈夫宏。宏猛地扑向那个男子，随即将他双手扭到了背后。

"不要作无谓的抵抗！警察马上就要到了！"宏的一声怒喝声震屋宇。

原来宏恰好比那个男子后一步进来。他听到了楼上的异变后，便悄悄地挂了报警的电话，然后急忙冲上楼来。

乘着宏一个不留神，那个男子突然挣脱了控制往楼下逃去。

"站住!"

宏大吼一声,拔腿追去。

当泰子扣上衣扣下楼走出门时,看见那个从丈夫手里挣脱逃跑的男子正往一辆轿车里钻,那辆轿车是她见过的,同时还依稀看见车内有一个女人的身影……

这时,警笛声刺破了夜空,一辆警车呼啸着驶来……

那辆轿车以惊人的速度向前冲去,刚驶上国道,猛然撞上了路障,驾驶席上的男子当场毙命,车内的女人也受了重伤。那个女人正是户仓绫子。

经警方查明,那个男子是田无车站附近一个加油站的工人。名叫山崎光二,今年18岁。三个月前刚从练马少年鉴别所出来,是个不折不扣的少年歹徒。

事故的翌日,泰子在焦急中终于盼到了下班归来的丈夫。一边忙着替他更衣,一边心有余悸地说道:"哎,你说呢,也许我们以前是错了。"

"这话怎么说?"

"我在想,人要是寻求过分的刺激或者沉溺游戏的话,精神就会越发空虚,昨晚的事也许就是对我们的现实教训。我一辈子也忘不了那一幕恐怖的情景。"

"是呀,也许我们是有些变态了。我们为平凡的生活感到无聊,在性生活方面也要去过分追求异常。也许应该早些知道,如果这种状态一味发展下去,我们就会变成它的奴隶。实际上,我们夫妇已经不知不觉地陷进了这种文明病造成的悲剧。"

"是呀!……这么说,最近纷纷兴起的像户仓绫子之流的咨询人物,都不过是这种文明病的傀儡而已。"

泰子将还未投递出去的写给户仓绫子的信悄悄地撕掉了,她没有告诉丈夫。